「澪さん、誕生日、おめでとうございます！」
「……えっ？」

Contents

さぁ、悪役令嬢のお仕事を始めましょう
元庶民の私が挑む頭脳戦 2

緋色の雨

PASH!文庫

プロローグ

私の名は佐藤《さとう》 澪《みお》。先日、桜坂《さくらざか》 澪《みお》になった元庶民の女の子だ。

名を変えた理由はたった一つ、余命宣告を受けた病気の妹を救うため。

私の妹——雫《しずく》は優しい女の子だ。まだ中学二年生の彼女が、あと三年しか生きられないと聞かされ、一体どれだけ悲しかっただろう？ そんなの、私には想像すら出来ない。

なのにあの子は私にこう言った。

「もうこれ以上、私のために無理をしなくてもいいんだよ」

私が雫の立場なら、同じように他人を気遣えるだろうか？

きっと無理だ。

どうして私がこんな目にって、世界を怨《うら》んで泣きじゃくるしか出来ないと思う。

かけがえのない私の妹。

だから私はある契約をして、あの子を救うために桜坂家の養女になった。

契約の内容はこうだ。

私が紫月《しづき》お姉様の代わりに悪役令嬢となり、桜坂家の令嬢として蒼生《そうせい》学園に通う。そして、ヒロインである乃々歌《ののか》ちゃんの成長を促し、世界をハッピーエンドに導くために破滅する。

それを代償として、将来的に認可される最新医療を雫に受けさせる。

ここが乙女ゲームの世界だとか、紫月お姉様が本当の悪役令嬢だとか、私が実は桜坂家の血を引く女の子だとか色々あるけれど、端的に言ってしまえばそれだけだ。

つまり、私は雫を救うために、乃々歌ちゃんを虐めればいい。

ただそれだけ。

それだけなんだけど――

「澪さん、澪さん、この服に合わせるスカートはどっちがいいと思いますか？」

これである。

校外学習で乃々歌ちゃんがファッションに興味を持つように仕向ける――という試みは成功した。だけど、私に馬鹿にされたことが悔しくて、それをバネにファッションの勉強をするのが本来の展開だったのに、いまの乃々歌ちゃんはどう見ても私にアドバイスを求めている。

あれだけキツく当たったのに、この子のメンタルはどうなっているの？

というのが私の正直な感想だ。

もちろん、人を虐めることは悪いことだ。罪悪感だってある。だから、彼女を傷付けずに済んでよかったという想いはある。でも、雫を救うためにはこれじゃダメだ。

だから――

「ベースカラーを考えれば、そっちの淡い藤色のスカートに決まってるでしょ。そんなことも分からないなんて、コーディネートを勉強したんじゃなかったの？」

私は乃々歌ちゃんにキツく当たる。

これ以上、私が優しいなんて勘違いをしないように。

なのに――

「あ、たしかにその通りですね！　じゃあ、上着はこれとこれ、どっちがいいですか？」

「だから、バランスを考えなさいって言ってるでしょ？　色々な組み合わせはあるけど、そっちの上着はバランス的に考えてあり得ないじゃない」

「じゃあ、靴はどれがいいですか？」

「好みによるけど、わたくしはこっちかしら。……というか、ねぇ？　わたくしの言葉、ちゃんと聞いてる？」

「もちろん聞いてますよ！　さすが澪さん、すごいです！」

「……この子のメンタル、どうなってるの？」

どう見ても懐かれている。

慕われているというより、懐かれている、というのが正しいレベルだ。

振られる尻尾の幻覚が見えるくらい。

たしかに、私は乃々歌ちゃんの質問に答えている。ただ虐めるのではなく、それによって乃々歌ちゃんの成長を促すという役目があるから。

でも、キツい言い方をしていることに変わりはない。普通なら、どうしてそんな言い方をされなくちゃいけないのかとキレるところだろう。だけど、乃々歌ちゃんは必ず『言い方はキツいけど、私のために言ってくれてる！』と気付いてしまうのだ。

おかげで、この有様である。

相当に厳しい言葉を付け加えているはずなのに、返ってくるのは満面の笑顔。

紫月お姉様曰く、この世界は乙女ゲームを元にしてるって話だけど、そのタイトル、『悪役令嬢に転生したけど、真のラスボスはヒロインでした』みたいな感じじゃないわよね？

乃々歌ちゃんが、悪役令嬢に虐められて落ち込むとか、想像できないんだけど。

「澪さん、澪さん。今度、この服を着た私とお出掛けしませんか？」

「嫌よ。わたくしは忙しいの。そんなに出掛けたければ友達でも誘いなさい」

ストレートに友達面しないでと言ったつもりだったのだけど、乃々歌ちゃんには「だから澪さんを誘っているんですよ？」みたいな顔をされた。

もしかして、私のことを友達と思ってるの？　とか、怖すぎて聞けない。

しかも、しかも――である。

「最初は怖かったけど、澪さんって実はいい人なんですね」

乃々歌ちゃんの友人にまでそんなことを言われてしまった。先日は琉煌《るま》さんにツンデレ呼ばわりされてしまったし、このままでは悪役令嬢として破滅できない。

もし、私が悪役令嬢に生まれ変わった一般人なら、この展開を喜んだだろう。

でも、私は巻き込まれた転生者じゃない。妹を救うために、望んで悪役令嬢になった。

紫月お姉様の代わりに破滅するのが私のお仕事だ。

このまま、乃々歌ちゃんと仲良くなる訳にはいかない。

だから、まずは悪役令嬢の立場を再構築する。

大丈夫。信頼を積み上げるのは大変だけど、一度積み上げた信頼が崩れるのは一瞬だ。私がその気になれば、悪役令嬢として人々から嫌われるのだって難しくない。

目指すは、乃々歌ちゃんの敵。

「さぁ、悪役令嬢のお仕事を始めましょう」

エピソード1

1

雪城《ゆきしろ》財閥に縁のある者の結婚式。その披露宴がおこなわれる大広間。端が霞んで見えそうなほど広い会場の中でも上位の位置には、琉煌と六花《りっか》が招待客として参加していた。

新郎新婦と個人的な付き合いはない。だが、財閥の関係者同士でおこなわれるこの結婚は、いわば政略的な意味合いが大きい。雪城財閥が強固な関係で結ばれていると見せつけるためにも、琉煌や六花の参列は不可欠だった。

とはいえ――

「……最近、披露宴が多くありませんか？」

六花が隣の琉煌に向かって問い掛ける。雪城家の人間として、六花は政略結婚の重要性を十分に理解している。その披露宴に、雪城家の要人が参加する必要性も、だ。

ゆえに、六花が愚痴ったのは、参加することが面倒だからではない。

その意図を察した琉煌がすぐに険しい顔で頷いた。

「ああ。どうやら業務提携や新設合併を望む企業が増えているようだな」

それらは決して珍しいことではない。

ただ、前向きな理由もあれば、後ろ向きな理由もある。そして二人が把握する限り、最近のそれらは、どちらかといえば後ろ向きな理由が多い。

その原因について、二人は心当たりがあった。だが、まさかという思いが判断を鈍らせる。

そして、ここがその披露宴の会場であることを理由に、どちらともなくその話題を避けた。

ほどなく、シャンパングラスに口を付けた六花が、一息吐いて琉煌に視線を向ける。

「ところで、澪さんについてどう思いますか？」

「……澪か。一言で表すなら〝おもしれー女〟だな」

琉煌が悪戯《いたずら》っぽく笑う。

六花はその強調されたアクセントから、すぐに琉煌の意図に気付いた。

「まあ。琉煌が乙女のサブカルチャーに精通しているとは知りませんでしたわ。そのセリフの意味をご存じなのですか？」

いくつかパターンはあるが、イケメン男子が興味を抱いた女性に使う言葉である。

つまり、六花の問い掛けは、イケメンだという自覚がおありで？　という意味と、澪さんに興味がおありで？　という二重の問いを含んでいるのだが――

「瑠璃《るり》がお気に入りのマンガに書いてあった」

――と、琉煌は茶目っ気たっぷりに笑う。

雪城財閥の次期当主にして眉目秀麗で文武両道。彼にとっては自分がイケメンというのは純然たる事実なのだろう。六花がからかったことにすら気付いていない。

六花は小さく苦笑いを浮かべた。

「それで、澪がどうかしたのか？　おまえも最近は妙に気にしているようだが」

「それは気になるでしょう。あんな歪《いびつ》な方、滅多にいませんもの」

「たしかに、な。明らかにお人好しなのに、妙に悪人ぶっている。自分を陥れようとしたクラスメイトに仕掛けた罠は見事だったが、その割に乃々歌に対する対応がお粗末だ」

「……たしかに、突き放しているようで、面倒見のいいお姉さんみたいになっていますからね。いえ、口の悪さだけは立派ですが……」

そのセリフだけを聞けば、澪が乃々歌を虐めているように思うかもしれない。

だが、その内容はしごく真っ当なものだし、結果的に乃々歌のためになっている。なにより、悪女のように振る舞いながら、時折乃々歌を気遣うような眼差しを向けている。

「なにか、目的があって悪女のように振る舞っている、ということだろうな」

「琉煌の言う通りですね。彼女がそのような態度をとる相手は乃々歌さんだけです。乃々歌さんになにかあるのではありませんか？」

「ああ。俺もそう思って調べた」

「さすが、抜かりがありませんね」

六花が感心した様子で笑い、ノンアルコールのシャンパンを呷《あお》った。そうして周囲に聞き耳を立てている者がいないのを確認し、「それで?」と続きを促した。

「まず、二人が接触したのは入試の日だ。西園寺《さいおんじ》と東路《あずまじ》に絡まれていた乃々歌を、通りかかった澪が助けたらしい」

「あら、あの二人が澪さんを目の敵にしていたのはそれが理由ですのね」

東路と西園寺はお嬢様に分類される。だが、それは庶民から見ればの話だ。財閥関係者だけに絞って見た場合、二人は庶民に毛が生えた程度の存在でしかない。

それを、彼女達はよく理解していた。一般生に当たる行為は感心できないが、当たる相手を選ぶ程度にはわきまえている。いくら澪が養女だからといって、彼女を侮辱することが桜坂家への敵対行為であると分からない二人ではないのだ。

にもかかわらず、二人は桜坂家の娘に敵愾心《てきがいしん》を向けた。六花はそれを不思議に思っていたのだが、琉煌の言葉でようやく理解した。

西園寺達は、不測の事態により、最初から澪と敵対してしまっていたのだ。

「一つ疑問は解けましたが、澪さんが乃々歌さんを助ける理由はなんでしょうね。最初の一度っきりなら偶然と言うことも出来ますが……」

「あいつは、明らかに乃々歌のことを見守っているからな」

澪が聞いたらショックを受けそうなことを、二人はさも当然のように言い放つ。

「澪さんが乃々歌さんを見守る理由……心当たりはあるのですか？」

「一つある。乃々歌は名倉《なぐら》財閥、現理事長の孫娘だ」

「まあ、それでは澪さんと同じような境遇ですわね。では、自分と同じような境遇だから、乃々歌さんを護っている、ということですか？」

「可能性の一つとしてはあると思う」

「ですが、同じ境遇だからというのが、そこまでする理由になるでしょうか？」

「……いや、そうは思えないな。これは俺の予想だが、誰でもよかったのだろう」

琉煌はそう呟いて、スマフォを六花に差し出してくる。そのスマフォを受け取った六花が画面に視線を落とすと、調査資料というファイルが開かれていた。

「これは、紫月さんの資料ですか？　たしか、海外留学をすると聞きましたが……」

六花はそう呟いて、さっとその資料の内容に目を通す。まさに才色兼備というに相応しい資料の数々。そしてその最後に書かれている情報に六花は目を見張った。

「まさか、これは本当なのですか？」

そこに示されていたのは、紫月が投資ファンドを裏で操っているという事実。そして、それによって彼女が動かせる資金力について、である。

「……彼女が投資に長けているという噂は聞いたことがありますが、ここに示されている金額は事実なのですか？」

「巧妙に隠されているため、正確な数値は分からない。だが、その予測を下回ることはないだろうというのが分析班の出した結論だ」

「これで、ですか。……とても個人が扱うレベルではありませんね。彼女の目的は下剋上か、独立か、それとも……」

六花は薄ら寒いものを感じつつ、スマフォを琉煌に返す。

「澪を養女として迎えたのは、側近候補だろうと、うちの分析班は見ている」

「血の繋がった側近候補、ですか。では、澪さんが乃々歌さんの件でちぐはぐな行動をとっているのも、紫月さんからの指令、ということでしょうか？」

「澪を鍛えるためである可能性は高いな」

乃々歌のためではなく、澪を鍛えるためだとすれば、ちぐはぐな行動も辻褄があう。

そんな琉煌の推測に、六花はわずかに眉を寄せた。

澪のちぐはぐな行動になんらかの理由があることは分かった。だが、だからといって、悪人ぶるのを楽しんでいるはずがない。お人好しの彼女なら心を痛めていると思ったからだ。

「……彼女が嫌われないように、それとなく気を回すべきですね」

「そうだな。俺も少し気に掛けておこう」

二人は、澪が聞けば「お願いだから止めて！」と叫びそうな気遣いを始めた。

2

乃々歌はごくごく普通の女の子だ。仲のよい両親のあいだに生まれ、笑顔が絶えない温かい家庭で育った。そんな、少しだけ幸せな家庭で生まれ育った女の子だった。

だけど中学生になったある日――

「柊木《ひいらぎ》さん、ちょっと」

授業中に担任の先生が呼びに来て、そのまま職員室へと連れて行かれた。なんだろうと首を傾げる乃々歌の前で、担任の若い女性の先生は黙りこくっている。

授業中であるため、残っている先生の数は極わずかだ。

だが、明らかに重苦しい雰囲気。

やがて――担任の先生が意を決したように口を開く。

「落ち着いて聞いてちょうだい。貴女のお父さんとお母さんが事故で……亡くなったそうよ」

「……え？」

「交通事故だと、聞いているわ」

「嘘、ですよね」

嘘だと言って欲しいと悲痛な声で問い掛ける。乃々歌に対して、担任の先生はそっと視線を逸らした。その瞬間、乃々歌は先生が嘘を吐いていないと理解してしまった。

「そん、な……どう、して……」

朝、二人に行ってらっしゃいと見送られた。朝まで元気だった二人が、もうこの世にいない。そんなことを言われても受け入れることが出来ない。

だからこそ――

「……病院、病院に行かなくっちゃ」

乃々歌は妙に冷静だった。少しうつろな表情で、だけど悲しい現実から目を背けた乃々歌は踵《きびす》を返す。それを見て、真っ先に我に返ったのは担任の先生だった。

「ま、待ちなさい。先生が送って行くから。というか貴女、何処《どこ》の病院かも知らないでしょ」

担任の先生が追い掛けてくる。それから言われるがままに先生の車に乗せられ、気付けば病院へと到着していた。そうして案内されたのは――霊安室だった。

「……どうぞ。シーツは捲《まく》らないようにお願いします」

案内された部屋に安置される父と母の姿。

身体はシーツで覆われているが、その姿は眠っているようにしか見えない。乃々歌はふらふらとした足取りで二人の元へと歩み寄った。

「……お父さん？　……お母さん？」

問い掛けるも返事はない。

「お父さん、お母さん、死んじゃったなんて嘘だよね？　眠ってるだけなんでしょ？　ねぇ、冗談は止めて。じゃないと怒っちゃうよ。だから起きて、起きてよ、お願いだか――っ」

シーツ越しに母の肩を揺り動かそうとした乃々歌は息を呑んだ。

その感触が明らかにおかしかったからだ。

「……おかあ、さん？」

恐る恐るシーツを捲る。その無残な母の姿を目にした乃々歌は息を呑んだ。続けて父のシーツも捲り、いやいやと首を振って後ずさる。

とんと、彼女の肩に背後にいた担任の先生の身体が触れた。

恐る恐る振り返る乃々歌に対し、先生が悲しげに目を伏せる。そうして、これが現実だと理解した乃々歌は、ゆっくりとくずおれて膝を突いた。

乃々歌は、そこから後のことをよく覚えていない。気付いたらお葬式が終わっていて、そして児童養護施設の職員の人に声を掛けられた。

乃々歌はそのまま、児童養護施設で暮らすこととなる。

最初の三日はずっと俯《うつむ》いていた。みんなが敷地の中で遊んでいるときも、乃々歌は隅っこで膝を抱え、他の誰とも喋ろうとしなかった。

児童養護施設にいる子供達もまた、乃々歌のようになにかしらの重い過去を抱えている。

だから、乃々歌の心の内を理解し、誰とも喋ろうとしない乃々歌をそうっとしておいた。

だけど、そんな乃々歌を観察する子供がいた。

杉浦《すぎうら》 美優《みゆう》。

乃々歌から見て六つ年下、小学生の女の子だ。

彼女は不思議な女の子だった。

遠くから見ているだけなので、乃々歌も最初は気付かなかった。でもいつの間にか近くにいて、数日たったいまでは乃々歌の隣に無言で座っている。

それは、乃々歌が児童養護施設に来てからちょうど一週間が過ぎた日のことだった。ついに無言の圧力に負けた乃々歌は、その子供に視線を向けた。

「……貴女、名前は?」

「美優は美優だよ!」

「そうなんだ。じゃあ――」

「――お姉ちゃんはそこでなにをしているの?」

乃々歌のセリフを遮って、美優がつぶらな瞳で問い掛けてくる。

「……私? さぁ……なんだろう」

乃々歌は力なく笑う。両親を失って以来、乃々歌は生きる意味を見失っていた。いまとなっては、自分がどうしてここにいるのかも説明できないでいる。

「そういう貴女は、どうして私の隣にいるの？」

乃々歌は逆に問い掛けた。明確な答えを期待していた訳ではなく、自分が答えることを避けるための質問だった。だけどそのときの美優は待っていましたとばかりに胸を張った。

「美優はね、お姉ちゃんが話し掛けてくれるのを待ってたんだよっ」

どやぁと聞こえてきそうなくらい得意げな顔。

「……なにそれ？」

「あのね、ここに来る人はみんな心に傷を負ってるの。だから、自分から話し掛けるようになるまでは、そっとしておいてあげなきゃダメって、院長先生が言ってたのっ！」

「そう、なんだ……」

そういえば、院長先生を含め、ここの人達からは必要最低限しか話し掛けられていない――と、乃々歌は今更ながらに気が付いた。

「うん、だから、乃々歌お姉ちゃんから話し掛けられるのを待ってたの！」

たしかに自分から話し掛けてはいない。でも、隣で無言の圧力を掛けてくるのはどうなんだろう――と、乃々歌は苦笑いを浮かべた。

だけどそのおかげで、自分が少しだけ笑えるようになっていることにも気付く。

「……話し掛けられるようになるまで、か」

「お姉ちゃん、どうかした？」

「うぅん、なんでもないよ。それで、美優ちゃんがそこまでして私に話し掛けられるのを待っていたのは、なにか話したいことがあるから、なのかな？」

「うん。あのね……」

美優はそう言って立ち上がると、乃々歌の真正面に立った。そうして乃々歌の目をまっすぐに見つめてくる。その瞳には、なにか必死な想いが宿っていた。

「……美優ちゃん？」

「あのね……実は、その、だから……っ。美優のお姉ちゃんになってください！」

「ふえっ？」

予想外すぎて困惑する。

乃々歌に向けて、美優の必死のプレゼンが始まった。小学生の女の子がプレゼン？　と思うかもしれないけれど、それはたしかに彼女の想いが詰まったプレゼンだった。

「美優のお姉ちゃんは、美優を庇《かば》って死んじゃったの」

いきなりすぎる衝撃の告白。

乃々歌は思わず目を見張って、マジマジと美優を見る。

「……どういうこと？」

「事故に遭ったとき、お姉ちゃんが私を庇ってくれたの」

「それ、は……」

これは乃々歌が後から聞いた話だが、美優の乗っていた車がトラックと衝突したらしい。

そして、車に乗っていた美優の一家は揃って亡くなったそうだ。

――姉に抱きしめられていた美優以外は。

このときの乃々歌はそこまでの事実を知らない。だけどそれでも、事故で自分を庇って姉が死んだという美優の言葉には同情した。ただ家族が事故で亡くなったと聞かされた自分よりも、きっと美優の方がショックだったはずだと思ったからだ。

だけど、その彼女の口から、お姉ちゃんになってと言われたことには困惑した。

「……私は、貴女のお姉ちゃんじゃないよ」

美優を庇った姉の代わりになんてなれない。というか、姉が自分を庇って亡くなったのに、また姉が欲しいという発想が怖すぎる。

自分の身代わりになってくれる人を探しているの？　と、乃々歌は少し思ったのだ。

でも、それは乃々歌の勘違いだった。

「お姉ちゃんと乃々歌お姉ちゃんが違うのは当たり前だよ」

「……なのに、私にお姉ちゃんになって欲しいの？」

「うん、乃々歌お姉ちゃんとなら、仲良くなれそうだから」

「仲良く?」

なにを求められているのか分からず、乃々歌は聞き返してばかりだ。そんな乃々歌に対し、美優は「仲良くだよ」と両手を広げて微笑んだ。

「美優はいままでひとりぼっちだった。もちろん友達はいるけど……でも、お姉ちゃんはいない。だから、美優は乃々歌お姉ちゃんに、私のお姉ちゃんになって欲しいの」

「……意味が分からないんだけど。それに、なんの意味があるの?」

「寂しくなくなるよ!」

「それは、そうかもしれないけど……」

「──乃々歌お姉ちゃんも!」

美優が続けた言葉に、乃々歌は思わず息を呑んだ。

「……私?」

「うん。美優は、乃々歌お姉ちゃんがいて寂しくなくなる! 乃々歌お姉ちゃんは、美優がいたら寂しくなくなったり……しない?」

「それは、分からない、けど……」

乃々歌が気にしているのは、お父さんとお母さんが死んじゃったのに……ということだ。自分だけが幸せを求めることへの罪悪感とでも言えばいいのだろうか?

乃々歌はそういった感情を抱いていた。

だけど、美優はそんな乃々歌の内心を笑い飛ばす。

「だったら、美優のお姉ちゃんになってよ！　そうしたら、美優の代わりに死んじゃったお姉ちゃんも、きっと安心してくれると思うの！」

「……あん、しん？」

「うん、そうだよ。だって、お姉ちゃんは私のために死んじゃったんだもん。私が幸せにならないと、お姉ちゃんの頑張りが無駄になっちゃうでしょ？」

「……それは」

誰かが、美優にそう教え込んだのだろう。でも、乃々歌はその言葉を否定することが出来なかった。自分のお父さんとお母さんもきっと——と、そう思ってしまったから。

「……本当にそう、なのかな？」

問い掛ける乃々歌を、美優がつぶらな瞳で見つめている。

乃々歌はもう一度自問自答して、そしてようやく答えを出した。

「美優ちゃん、私の妹になってくれる？」

「うん、乃々歌お姉ちゃん！」

3

「そうして、乃々歌と美優ちゃんは本当の姉妹のように仲良くなったのよ」

紫月お姉様の部屋。乃々歌ちゃんの昔話をしてくれたのは、ローテーブルを挟んだ向かいに座る紫月お姉様だ。話を終えた彼女は私を見て目を細めた。

「……って、澪はどうして泣いているのよ？　泣くような話じゃなかったでしょ？」

呆れ口調で言われてしまった。ただ、呆れながらもハンカチを差し出してくれるあたり、紫月お姉様はとても優しい。私はそのハンカチで涙を拭って心の内を言葉にする。

「乃々歌ちゃん、そんなに悲しい過去があったんですね」

「両親が事故で亡くなったことは教えてあったでしょ？」

「それは聞きましたけど……って、あれ？　たしか、乃々歌ちゃんは親戚の家で暮らしていたんじゃありませんでしたっけ？」

「ええ。児童養護施設で一ヶ月ほど暮らした後、親戚が迎えに来たそうよ」

「じゃ、じゃあ……その美優ちゃんとは？」

「もちろん離ればなれね」

「ええええええええぇぇぇぇええええっ⁉」

あんなお話の後、一ヶ月も経たずに離ればなれになったの⁉　と、私はショックを受けた。

「大丈夫よ。別々に暮らすことにはなったけど、その後も手紙でやりとりを続けている。いまも二人は仲良しなのよ」

「大丈夫じゃないですよ！　妹と別々に暮らすことを強要されるなんて、私なら耐えられません！　もしそんなことをする人がいたら絶対許しませんよ！」

「……へぇ？　ちなみに、澪と雫ちゃんを離ればなれにしたのはわたくしなんだけど、なにか言いたいことがあったりするかしら？」

ジロリと睨まれ、私はうっと呻《うめ》き声を上げる。

「い、いやですね。雫を助けるために手を差し伸べてくださった紫月お姉様には感謝こそすれ、悪感情なんて抱いていませんよ？」

「……まあ、恨まれて当然のことをしてる自覚はあるけどね」

ぼそりと呟かれた。私は本気で感謝しているけれど、紫月お姉様は罪悪感を抱いているらしい。私は思わずフォローを入れようとするけれど、それより早く紫月お姉様が口を開く。

「とにかく、二人は仲良しよ。でも、美優ちゃんは病気なの」

「――えっ⁉」

妹のような存在が病気だなんて他人事じゃない。ローテーブルに手をついて身を乗り出す、そんな私の鼻先に紫月お姉様が指を突き付けた。

「治らないような病気じゃないから安心なさい」

「……そう、なんですか？」

「手術は必要だけど、手術さえすればほぼ間違いなく治る病気よ」

「よかったぁ……」

美優ちゃんが雫と同じ思いをせずに済んでよかった。そして、乃々歌ちゃんが私と同じ思いをせずに済んでよかった。そう安堵してソファに座り直す。

「それにしても、乃々歌ちゃんの妹的存在まで病気だなんて。瑠璃ちゃんも病弱でしたよね」

「あぁ、それは——っ」

紫月お姉様がはっと口を閉ざした。

「……紫月お姉様、それは、なんですか？」

「えっと……その、言ったでしょ。この世界は乙女ゲームを元にした世界だって」

「ええ、それは聞きましたけど、それとさっきの話に、なにか関係があるのですか？」

共通点が思い当たらないと首を傾げた。

「シナリオってね、面白くするためのセオリーがいくつかあるのよ。そのうちの一つに、類似性のある展開を重ねる――っていうのがあるの」

「ええっと、似たようなイベントを繰り返す、ということですか？」

「そう。人は共感できないことに心を動かされたりしない。逆に共感できることなら、人は大きく心を揺さぶられる。さっき、美優ちゃんが病気と聞いて焦った貴女のようにね」

「……ああ、たしかに」

見知らぬ女性が病気と聞かされても驚くことはなかったはずだ。知り合いが病気だと聞いたら驚いたかもしれないけれど、身を乗り出してまでは驚かなかっただろう。

身を乗り出してまで驚いたのは、雫を思う自分と、乃々歌ちゃんを重ねてしまったからだ。

「共感できることに心を動かされるというのは分かりましたが、重ねるっていうのは？」

「それは、どういうものに共感するか、ということよ。実体験が一番だけど、物語の中の出来事でも、読者として体験したことになるでしょう？」

「……つまり、共感値を上げるために、同じような展開を繰り返す、ということですか？」

「そういうことになるわね。もちろん、同じ展開ばかりだと飽きちゃうけど……」

「けど、なんですか？」

首を傾げれば、紫月お姉様はクスッと笑った。

「ゲームでもマンガでも、流行って結構長く続くじゃない？　そう考えると、飽きるより

ったり。
「あぁそっか、他の作品でも共感値が上がるんですね」
そういえば、この世界の元となった乙女ゲームも、はやりの悪役令嬢が出てくるんだっ
た。
「……あれ？　でも、私や雫は乙女ゲームの登場人物じゃありませんよね？」
「――澪、病気の人が、この世界にどれだけいると思っているの？」
雫が病気なのはただの偶然なのかなという疑問は、紫月お姉様の言葉によって掻《か》き消さ
れてしまった。たしかに、病人なんて数え切れないほどいるものね。
「話を戻すわね。美優ちゃんは手術を受ければ助かる。でも、彼女は手術を受ける勇気を
出せないの。だから、乃々歌が美優ちゃんに手術を受けさせるために奔走する、というの
が次のシナリオよ」
「手術を受けさせるように奔走する、ですか……私と似ていますね」
「そうね。それで二人は、乃々歌のクラスが体育祭で優勝したら、美優ちゃんは勇気を出
して手術を受けるという約束を交わすのよ」
「つまり、乃々歌ちゃんは、クラスのみんなに協力を求める、ということですよね？　で
も、乃々歌ちゃんのクラスって、それはつまり……」
私達、財閥特待生が仕切っているクラスだ。

乃々歌ちゃん達一般生は肩身が狭い思いをしている。

「そうね。財閥特待生、特に令嬢達は体育祭を嫌う傾向にあるわね。本番だけ適当にやっておけばいいんじゃないかしら、とか」

「……なんだか、すごく嫌な予感がしてきました」

さきほど紫月お姉様があげたセリフの例、ものすごく言いそうな人――というか、キャラに心当たりがある。言うまでもない、悪役令嬢のことだ。

「安心なさい。体育祭における悪役令嬢はモブみたいなものよ。どうしてわたくしがそんな泥臭いことを……って感じで嫌がるけど、琉煌達に挑発されて乗せられる感じね。だから貴女は、イヤイヤなフリをしつつ、裏で練習すればいいの」

「なるほど！」

真正面から協力できないのは残念だけど、美優ちゃんのためにがんばる乃々歌ちゃんの邪魔をするよりはずっといい。

私の演じる悪役令嬢が、思ったよりも鬼畜キャラじゃなくて少しだけ安心した。この分なら大丈夫そうだ――と、このときの私は思っていた。

後から考えれば、思惑通りに進んだことなんて、一度もなかったんだけどね。

財閥御用達の病院、雫が入院している部屋の前で深呼吸をする。私は扉に向かって小さく頷き、次の瞬間には満面の笑みを浮かべる。

「雫、久しぶりだね！」

ばーんと扉を開けた私は数秒沈黙して……そっと扉を閉めた。

いや、その……雫が着替え中だったのだ。

……ち、違うよ？

いつもはちゃんとノックするんだよ？　でも、ほら、私がやっていることを考えると色々と後ろめたくて、いつも通り振る舞おうとしたらノックを忘れたのだ。

失敗したぁ……と項垂《うなだ》れていると、扉が開かれた。

「……澪お姉ちゃん、なにをやってるの？」

「え、あ、その……ごめん」

「びっくりしたけど、気にしないよ。それより、お見舞いに来てくれたんだよね？　取り敢えず入ってよ。というか、今日はゆっくり出来るの？」

「うん。今日は珍しく時間が取れそうだったの」

雫が部屋に戻ってベッドの上に腰掛ける。私はそれに続いて病室に入り、そのまま奥にあるキッチンに向かい、お見舞い品として持って来たリンゴを剝く。

ちなみに、最初の頃は病室にキッチンがあることに驚いたけど、さすがにもう慣れた。

「──澪お姉ちゃん、今日は珍しくって言ったけど、最近は忙しいの？」

「え？　あ、うん……その、バイトとかね？」

「バイトって、あのモデルの？」

「そ、そうそう。紫月——さんに、紹介してもらったんだよ」

危うくお姉様と言いそうになって誤魔化した。というか、紹介してもらった本当のバイトは悪役令嬢のお仕事なんだけどね——とか、絶対に言えない。

うぅ、雫に対する隠し事が増えていくよ。

私はそんなことを考えながら剝いたリンゴをお皿に盛り付けて部屋に戻った。

「はい、どうぞ」

「ありがとう、お姉ちゃん！」

雫はフォークに刺したリンゴをほおばって、幸せそうな微笑みを浮かべた。

前より……少し元気になったかな？　うぅん、雫は演技が上手だから油断は出来ないけど、少なくともいまは病気が治るかもって希望を持っているはずだ。

……私が絶対、助けてあげるからね。

「急に拳を握り締めたりして、どうしたの？」

「え、あ、なんでもないよ！」

誤魔化すけれど、いぶかしげに見られてしまった。

気を付けないと。

「まぁいいけど。それで、そのバイトは紫月さんに紹介してもらったの？」

「うん、服のブランドが桜坂関係だからね」

「そうなんだ？　でもあのカメラマン、実力でいまの地位を勝ち取った若き天才カメラマンなんでしょ？　コネとか絶対に認めないって聞いたよ」

「……な、なんで雫がそんなことを知ってるの？」

「だって、お姉ちゃんのことだから」

　そう言ってそっぽを向いた。妹の横顔には、お姉ちゃんが心配だからと書いてある。あぁもう、可愛いなぁ雫は！　とその小さな身体に抱きついた。

「わ、ちょっと、お姉ちゃん!?」

「ふふ、お姉ちゃんだよ〜」

「ちょっと、お姉ちゃん、くっつきすぎだから！」

　雫に両手で突き放される。

　それでも、雫が笑ってくれるのが嬉しい。

「——こほっ！　……ごほっ」

「雫、大丈夫!?」

「だ、大丈夫、ちょっと咽《む》せただけだから」

　雫はそう言って笑うけれど、その笑顔には誤魔化しが交じっている。

「やっぱりしんどいんじゃないの？」

「……大丈夫、本当に大丈夫だから」

大丈夫だと繰り返す雫は、だけど平気だとは言わない。

雫は私に心配を掛けまいとしている。それに気付いた私は胸が苦しくなって、「そっか、もし苦しかったらちゃんと言うんだよ？」と気付かないフリをする。

そうして胸を押さえていたら、雫が困った顔で笑った。

「もう、お姉ちゃんは心配性だなぁ。本当に大丈夫。……うぅん、平気だから」

「でも――」

「平気だよ。いまは、まだ」

「しず、く……」

「ちゃんと、本当に苦しくなったら言うよ。でも、お姉ちゃんが私のためにがんばってくれてるって知って、私だけ甘えてなんていられないよ」

「私は、別に……」

「気付かないと、思ってるの？」

静かに問い掛けられて、私は口を閉ざした。

私が無茶をしているって、雫は気付いてるだろう。でも、私が養女になって、悪役令嬢として破滅しようとしている――とは絶対に気付いていない。

だから、沈黙が正解のはず、なんだけど……

「……そういえば、前も否定しなかったよね？　いつも誤魔化そうとするのに……怪しい。もしかして、私が思ってるより大変だったりする？」

黙りこくる私を見て、雫があれこれ推測してしまう。この子、日に日に鋭くなっていく。

どうやって誤魔化そうかと視線を泳がせているとスマフォに通知が入った。

「雫、ごめん、ちょっと出てくるわね」

雫に断りを入れ、通知の内容を確認しようと廊下に出る。休憩所へ向かおうとしたところで二人組に出くわした私は息を呑んだ。

その二人組が、私のパパとママだったからだ。

「澪――っ」

「パパ、ママ！」

私は二人に抱きついた。

「み、澪、こんなところで、大丈夫なの？」

「うん。もう大丈夫だよ」

私は桜坂家の養女となったとき、佐藤の家の生まれであることを隠すように言われた。

でもそれは、戸籍を改竄《かいざん》したと周囲に思わせるための罠。私が佐藤家の生まれであることを明かしたいま、二人の娘であることを隠す理由はない。

そのことをざっと説明すると、二人は私のことをぎゅっと抱き返してくれた。

「パパ、ママ、こうして会うのは久しぶりだね」

「……そうだな。澪は少し見ないあいだに大きくなったか？」

「やだ、パパったら。そこまで久しぶりじゃないよ」

「そうだったか？　ずいぶんと久しぶりに会った気がするよ。それで、元気にしていたか？」

「うん。パパも元気そうだね。……ママは？」

私はママへと視線を向ける。

ママは口元を手で覆い、いまにも泣きそうな顔をしていた。私が頬ずりすれば、ママはビクッと身を震わせ、それからそっと抱き返してくれた。

「澪、元気にして……いるのよね？」

「電話でも言ったでしょ？　私は元気だよ」

「……そう。よかった。本当に、よかった……」

私を抱きしめるママの手がわずかに震えている。もしかして、養女とは名ばかりで、酷い目に遭わされてる……とか思ってたのかな？

「心配掛けてごめんね。でも、私は本当に大丈夫だから」

背中をぽんぽんと叩けば、ママは一呼吸置いて私から身を離した。

「……しばらく見ないあいだに大きくなったのね」

「それ、さっきパパにも言われたよ?」

「身体じゃなくて、心の話よ。……ところで、澪は帰るところなの?」

「うぅん、メールの確認に──あっ、ちょっと確認してくるね。その後、ゆっくり話そ?」

「分かった。じゃあ、私達は先に雫のところに行ってるわね」

「うん。それじゃ後で」

ママとパパに手を振って見送り、私はスマフォを取り出した。通知は、都合のいいときに電話をして欲しいというシャノンからのショートメッセージだった。

私はすぐにアドレス帳からシャノンの携帯に掛ける。

「シャノン、メッセージを見たけど、なにかあった?」

「はい。学園のことで、気になる報告が入りまして」

学園には桜坂家の息の掛かった者が何人もいる。

今回は、そのうちの一人から報告が上がったようだ。

「それをわざわざ電話で伝えるということは、緊急性が高そうな情報なの?」

「いえ、そういう訳ではありません。ただ、澪お嬢様は巻き込まれ体質なので、早めに伝えておかないと、取り返しのつかないことになるのでは、と」

「……否定できないわね」

決して私が悪い訳ではなく、不慮の事故であるとは思うんだけど、バイト先では琉煌さんと、受験会場では乃々歌ちゃんと——といった感じでやらかしている。

念のために、注意事項を聞いておくのは重要だと思う。

……ほんとに。

「それで、報告というのは？」

「はい。東路さんと西園寺さんの二人ですが——」

4

社長令嬢というのが、庶民から見た東路明日香《あすか》に対する認識だ。普通の小学校に通っていた明日香は、周囲からそれなりにちやほやされる人気者だった。

だけど、明日香は中等部から財閥特待生として、蒼生学園に通うこととなった。理由は至って簡単で、政略結婚をするためには蒼生学園に通っていたほうが有利だから。

ただそれだけである。

明日香は、そこそこな財閥に属する、これまたそこそこな会社の社長令嬢だ。会社は弟が継ぐ予定だったので、明日香はそれなりのお嬢様として普通の暮らしをするはずだった。

だけど会社の経営が苦しくなって、このままでは会社が潰れるか、経営権が奪われるという危機に晒され、それを阻止するための打開策が必要とされた。

その打開策こそ、明日香が政略結婚をすることである。

この世界では、そこまで珍しい話ではない。

けれど問題なのは、それによって明日香の生活が大きく変わった、という事実だ。庶民から見れば雲の上の存在だった彼女も、雲の上では末席の令嬢に過ぎなかったからだ。

そうして、彼女は現実とのギャップに悩むことになる。

決して、最初からわがままだった訳ではない。けれど、いままでの彼女にとって、自分の意見が優先されるのは当たり前のことだった。

それが、そうじゃない世界に放り込まれた。しかも、いつか望まぬ結婚をするために、である。彼女が一般生に当たるようになるまで、そう時間は掛からなかった。

ちなみに、西園寺 沙也香《さやか》も似たような境遇だ。明日香がそこそこな会社の社長令嬢であるのに対し、沙也香は比較的大きな会社の専務の娘だ。

二人は自分達が似たような境遇であることに気付き、身を護るために友人となった。そうして、自分達の存在価値を示すために庶民の一般生に辛く当たる。

そんな三年間を過ごし、高等部へと進級することになる。

二人が乃々歌と出会ったのはそんなときだった。

蒼生学園はエスカレーター式の学校だが、便宜上の進級試験は存在する。その試験が外部生が高校に入学するための編入試験と同時におこなわれるため、乃々歌と出くわしたのだ。

実のところ、一般生に突っ掛かる予定ではなかった。もともとは、財閥特待生である彼女達に警戒心を抱いていない一般生を味方に引き入れるための下見だったのだ。

だが結果として二人は乃々歌に詰め寄り——それを澪に目撃された。

日本三大財閥の第三位、桜坂家のご令嬢。彼女を敵に回したことは、二人にとって最大の失敗だった。なにより不運なのは、澪が一般生を庇うような性格だったことだ。

自分より立場が弱い人間を護る気質。彼女に味方すれば、自分達を護ってもらう未来もあったはずだ。なのに沙也香と明日香はその道を自ら閉ざしてしまった。

だから二人は、澪に対抗し得る存在である六花に頭を下げた。厳密に言えば、六花の取り巻きの一人に頭を下げて、六花のグループに入れてもらった——というのが正確なところだ。

だから、六花のグループにおける二人の立場は非常に弱かった。

そもそも、六花の友達として認められていない。

そんな状態で、六花と澪が距離を詰め始めた。もしもこのまま二人が仲良くなり、自分達のしたことを暴露されたら——そう考えると、放っておくことは出来なかった。

このままでは、日本三大財閥の序列一位と三位を敵に回すことになる。それはすなわち身の破滅だ。個人ではなく、両親にも大きな迷惑を掛けることになるだろう。

それだけは絶対に阻止しなければならない。

幸いにも、二人は六花からチャンスを与えられた。友達たる価値を示せ——と。だから沙也香は明日香と協力し、澪の弱点を調査した。

そうして手にしたのが、桜坂家の血を引いているという触れ込みで入学してきた澪が、実はなんの関係もない庶民の生まれに過ぎないという情報だった。

その情報をどう使うか、迷わなかったと言えば嘘になる。

桜坂家との和解に使う——という手もあったはずだ。実際のところ、沙也香は丸く収める方向の案も出していた。けれど、明日香は澪に嫉妬してしまった。

庶民の生まれなのに、桜坂家の養子になっただけで偉そうな澪が許せなかったのだ。

だから、明日香は賭けに出た。

澪は財閥の縁者に見せているだけの庶民の娘だった。であるならば、澪を陥れても桜坂家は動かない可能性が高い、という算段を立てた。

その上で、養子の件で澪を陥れ、その功績で六花に認めてもらう。そうして大きな影響力を手に入れることで、学園生活を有利にしようと考えたのだ。

冷静に考えれば、穴だらけの計画だ。けれど、明日香はまだ高校一年生になったばかりの未熟な娘だ。彼女はそれが成功すると信じて疑わず——そして盛大に失敗した。

結果として、明日香達の行動が、澪の実力を証明することとなった。戸籍の改竄こそが罠で、明日香達はその罠に見事にはまってしまったのだ。

こうして、財界における澪の評価が大きく上がることとなる。そしてそれと反比例するように、明日香達の評価は下がってしまった。

後ろ盾もなく、実力もない。

そんな二人が、他の財閥特待生のストレス発散のはけ口に選ばれるのは必然だった。

最初は些細な嫌がらせだった。

たとえばグループで除け者にされるとか、回ってくるはずの連絡が回ってこないとか、あるいは廊下で歩いていたらぶつかられるとか、意味もなくクスクス笑われるとか。

最初は気のせいだと思っていた二人も、やがて嫌がらせを受けているのだと気付く。

だけど、彼女達にそれを止める術はなかった。

というか、一般生を虐げていた彼女達自身が一番理解していた。自分達より立場が弱い人間は、決して目上の人間に逆らうことなんて出来るはずがない――と。

先生に訴えようにも、彼女達は人を陥れようとして停学処分に処されたばかりだ。ここで訴えたとしても、また誰かを陥れようとしていると思われるだけだろう。

だから、二人は虐めに耐え忍ぶことを選択する。

結果、嫌がらせをしていた娘達は増長することになった。

なにをしても反撃してこない相手。しかも周囲の者達も止めようとしない。それどころか、桜坂の代わりに正義の鉄槌を下しているという名分がある。

そうして嫌がらせは苛烈さを増す。そんなある日にそれは起こった。隣のクラスの令嬢達が自分達の机に悪戯をしている。その現場を目撃してしまったのだ。

令嬢達は想定外の事態に動揺する。だが、目撃者が虐めの対象である二人だと気付いた瞬間、彼女達はその身に抱いていた怯《おび》えを怒りへと変換させた。

「……これはこれは。誰かと思えば、沙也香さんと明日香さんじゃありませんこと。まさか現場を押さえようとするなんて、身の程をわきまえていらっしゃらないのかしら」

高圧的に詰め寄ってきたのは浦間《うらま》椎名《しいな》。軽くウェーブが掛かった金髪ツインテールが特徴的なお嬢様で、桜坂グループの傘下に属する会社の社長令嬢だ。

といっても、末端も末端。以前ならば、椎名がこのように高圧的な態度をとれば、沙也香や明日香は即座に反発していただろう。

だが、いまの沙也香と明日香は立場をなくしており……ゆえに、悔しげに唇を噛んだ。

実際のところ、椎名も不安だったのだ。これでことが大きくなれば、自分も沙也香と明日香のようになるかもしれない――と、今更ながらに気が付いたから。

高圧的な態度をとったのは、その不安の裏返しだ。自分が引き連れている取り巻き達がいる手前、弱気な態度を見せることは出来ない――と。

結果として、二人は唇を噛むだけで言い返してすら来ない。

だから、椎名は少しだけ余裕を取り戻した。

「ようやく身の程を理解したようですわね。そもそも、貴女達のことは以前から気に入りませんでしたの。たいした家柄でもないのに、庶民の者達に威張り散らしたりして」

「それ、は……」

沙也香は唇を噛み、明日香は下を向く。

一般生達は財閥特待生の特権に対するやっかみがあり、そういうマイナスの感情を財閥特待生の中では立場の弱い者に向ける傾向がある。

二人が一般生に強く当たるのは自衛の意味もある――という背景が前提にあるのだけれど。それでも、沙也香達が一般生を敵視していたことに変わりはない。

たしかに虐めは犯罪だ。

だけどこれが虐めの現場だと言うのなら、沙也香達がおこなってきたこともまた虐めでしかなく、自分達がおこなった報いを受けているだけだとも言える。

あの頃にはなかった罪の自覚が、いまの二人にはある。だから――と、沈黙する沙也香は、不意に椎名に突き飛ばされた。慌てて支えようとしてくれた明日香もろとも尻餅をつく。

「これに懲りたら、桜坂に逆らおうなんて二度と思わないことね」

椎名が得意げに言い放ち、彼女の取り巻き達が笑い声を上げる。

だが、このまま沈黙していればやり過ごせるはずだ。

そう思ったそのとき――

「ずいぶんと楽しそうね」

沙也香達が破滅する原因となった娘、桜坂 澪が教室に姿を現した。

5

シャノンから電話越しに告げられたのは、沙也香さんと明日香さんの二人がイジメの標的にされている、という情報だった。

沙也香さんと明日香さんというのは、私が桜坂家の血を引いているように戸籍を改竄したという偽の情報に踊らされ、私を陥れようとして罰を受けた二人のことだ。

奉仕活動三日間という内容で、決して重い罰を受けた訳ではない。けれど、桜坂家の娘に喧嘩を売って、見事に返り討ちに遭った二人は立場をなくした。

正直、自業自得だと言えばそれまでだ。

だけど、ここは乙女ゲームを元にした世界。そして、その乙女ゲームのシナリオにおいて、悪役令嬢の取り巻きが虐められるなんて展開はない。

放っておけば、原作のストーリーを歪める原因になるだろう。紫月お姉様と話し合った結果、私はそのイジメに介入することにした。

だから、ある日の放課後。

再びシャノンから連絡を受けた私はタイミングを見計らい、自分の教室へと足を運ぶ。そこには、沙也香さんと明日香さんを突き飛ばして笑う令嬢達の姿があった。

髪を掻き上げるルーティーンで、気持ちを一気に切り替える。

——さぁ、悪役令嬢のお仕事を始めましょう。

「ずいぶんと楽しそうね」

クスクスと笑い、教室という舞台へと上がる。

「み、澪様⁉ どうしてここに……」

驚きの声を上げたのは浦間 椎名。桜坂グループの関係者ではあるけれど、乙女ゲームには登場しない娘だ。私はそんな彼女に、感情を隠した笑みを向ける。

「不思議なことを聞くのね。わたくしが自分のクラスに顔を出すことになんの問題があるというの？ ねぇ……隣のクラスの椎名さん？」

ここに居るのがおかしいのは貴女ではなくて？ と、遠回しに問い掛けた。それに気付いたのか、彼女の顔がわずかに青ざめる。

「い、いいえ、決して、そういう訳では……」

「あら、そう？　わたくしはてっきり、貴女がイジメの現場を見られて焦っているのかと思ったのだけど、違うのなら安心したわ」

「そ、そんなことは……」

私に見つめられた椎名さんは視線を泳がせた。

……そう。表情に出る出ない以前に、嘘を吐くことすら出来ないのね。その程度で悪役令嬢を目指そうなんて無謀もいいところだ。

「椎名さん、貴女さっきこう言ったわよね。桜坂に逆らうなって」

「そ、それは、その……」

言葉を濁す彼女に詰め寄り、私は言い含めるように言葉を紡ぐ。

「いい？　よく聞きなさい。わたくしはたしかにその二人を返り討ちにしたけれど、それ以上手を出すつもりはないの。だから――」

椎名さんの顎に指を添えて、その瞳を覗き込む。

「貴女がこの二人を敵に回すのは勝手だけど、それを桜坂家の総意であるように語るのは止めてくれるかしら？　正直、不愉快だわ」

「も、申し訳ありません……っ」

椎名さんは私の手を振り払うことも出来ず、震えた声で謝罪の言葉を口にした。

「……それで、どうするつもり？」

「は、はい？」

私があえて分かりづらく尋ねれば、彼女は必死に私の言葉を理解しようと、縋《すが》るような視線を向けてくる。そんな彼女に対し、私は冷めた目を向ける。

「わたくしや桜坂家のためじゃないなら、貴女がこの二人にしていることは、ただの憂さ晴らしということになるのだけど……もしかしてまだ続けるつもり？」

「め、滅相もありません！」

ぶんぶんと首を横に振る。

……というか、ちょっと怯えすぎじゃないかしら？

あぁでも、私が沙也香さんと明日香さんを破滅させたようなものだものね。その私に睨まれたのだから、怯えるのも当然と言えば当然かしら？

そういうことなら、さっさと問題を解決してしまおう。

「いい、よく聞きなさい。わたくしは降りかかる火の粉は払う主義だけど、意味もなく誰かを傷付けるのは嫌いなの。だから……分かるわね？」

「はい。もう二度と、彼女達に手は出しません！」

私の思惑を理解した彼女がそう言った。もう少し早く理解してくれていれば、私がこんなふうに介入する必要はなかったんだけど、それは言っても仕方ないか。

「いいわ。貴女達がもう二人に関わらないというのなら、この件はこれで終わりよ。次に貴女達が同じ目に遭っても困るし、この件は黙っててあげる。だから――もう行きなさい」

「は、はい！　失礼します！」

彼女達は自分の身を抱きしめて、蜘蛛の子を散らすように逃げていった。それを見届け、私は沙也香さんと明日香さんへと視線を戻した。

まだ状況が飲み込めていないようで、二人とも座り込んだままだ。

「二人とも、いつまでそうしているつもり？」

「あ、その……あはは」

私が声を掛けると、沙也香さんが戯《おど》けるように笑って立ち上がり、スカートをパタパタと叩いた。だが、その後ろで座り込んでいた明日香さんは黙り込んだままだ。

「明日香さん、怪我でもした？」

「……して？」

「うん？」

「どうして、私達を助けたの？　私達は、貴女に嫌がらせをしたのよ？」

自分の身体を掻き抱いて、少し沈んだ声で問い掛けてくる。

……私に助けられるのは、プライド的に我慢できなかったのかな？

「悪いけど、嫌がらせをされたなんて思ってないの。それどころか、わたくしの目的のために踊ってくれた貴女達には感謝してるわ」

「——くっ、馬鹿にして……っ」

明日香さんは自らを掻き抱く両手にぎゅっと力を入れた。

「そうね。たしかに、わたくしは貴女達を見下しているわ。でも、だからって、彼女達が貴女達を虐めていい理由にはならない」

「それが……私達を助けてくれた理由ですか？」

そう問い掛けてきたのは沙也香さんだ。どうやら、沙也香さんのほうが、明日香さんよりは冷静なようだ。それに気付いた私は沙也香さんへと視線を移す。

「そうね。それもある。でも、一番の理由は、いまの貴女達ならやり直せると思ったからよ」

「やり直せる、ですか？」

「ええ。今回の一件で分かったでしょ。理不尽に虐められる人の気持ちが」

「それは……」

沙也香さんは言葉を濁した。理解してくれないのかと思ったけれど、彼女は少しの間を置いて、「そんなこと、最初から知っているわよ」と呟いた。

……悪役令嬢の取り巻きで、やがては暴走して悪役令嬢を破滅させる厄介な存在。そんなふうにしか思ってなかったけど、彼女達には、彼女達なりの悩みがあるのかな。

「——知っているのならいいわ。ここから貴女達が更生するか、それとも同じことを繰り返して破滅するかは、わたくしにとって関係のないことだから」

私は踵を返して彼女達の元を離れる。だけど教室から出た直後、振り返って彼女達に視線を向けた。悪役令嬢ではなく、私個人の想いを伝えるために。

「沙也香さん、明日香さん、出来るのならいまからでもやり直しなさい。貴女達はわたくしのような本物の悪女とは違うのだから、ね」

◆◆◆

「……なによ、偉そうに」

窓から夕日が差し込む、放課後の教室。桜坂澪が立ち去った後、その後ろ姿を見送っていた明日香が悔しげに呟いた。それに対し、沙也香が「だけど――」と口を開く。

「助けて、くれたんですよね？」

「……結果的に、ではありませんか？　実際、彼女達を追い払っただけで、私達に謝らせようとした訳じゃありません。自分の教室で騒がれるのが目障りだっただけでしょう」

明日香が忌々しげに呟く。けれど、沙也香はそのことについて疑問を抱いていた。

たしかに、澪は椎名達を追い払っただけだ。彼女達の行動が、自分の指示のように思われるのが嫌だったのも事実だろう。だけど、それだけなら、やり直せ――なんて言う理由もない。

もしかしたら――と沙也香が考えていると、明日香が溜め息をついた。

「彼女がどういうつもりだったかなんて、どうでもいいのではありませんか？　それより、これをなんとかしましょう。このままじゃ、私達が怒られますわ」

椎名達の悪戯は幸いにも未遂に終わった。ただ、沙也香が突き飛ばされたときに、横にあった机が倒れてしまっている。それを放っておく訳にはいかない。

沙也香と明日香は無言でその机を片付け始めた。

「……ねぇ、明日香さん。これからどうしますか？」

「どうするって……どういうことですか？　澪さんがああ言ったからには、椎名さん達がこれ以上、私達にどうこうすることはないと思いますよ？」

「ええ、そうでしょうね。でも、だからこそ、このままじゃダメだと思いませんか？」

沙也香は自らの行いを悔いていた。だが、その言葉に明日香は難色を示す。

「……まさか、澪さんに謝ろうと言うつもりですか？　助けてもらったことは事実ですが、彼女も結局、権力で人を従えているじゃありませんか」

明日香の言い分はこうだ。

自分より権力がある人間に虐げられたから、自分より権力がない人間で憂さ晴らしをしただけのこと。そして、それを咎《とが》めた澪が反論の口を封じるのに使ったのも権力だ。

結局、澪もやっていることは変わらない、と。

「明日香さん……気持ちは分かりますわ。ですが、誰かの庇護下に入らなければ、蒼生学園でやっていくのは難しいって分かっているでしょう？　これが、機会だとは思いませんか？」

「それは……」

明日香が浮かべるのは苦渋に満ちた表情。

彼女自身、このままじゃダメなことは分かっているのだ。だが様々な要因で、それを認められずにいた。そして、澪に対して悪いことをしたという自覚もある。

そして、長い付き合いである沙也香はそんな彼女の心の機微を理解する。

「では、こういうのはいかがですか？　まず、六花さんに謝罪するんです」

「……六花さんに、ですか？」

「ええ。私達、やり方を間違え、六花さんに迷惑を掛けてしまいました。まずはそのことについて謝罪して……その後は、そのときになってから考えませんか？」

「ですが――」

「明日香さん、先日、駅前のアイスを食べに行くのに付き合ってあげましたよね？」

「え？　そ、それとこれとは関係ないでしょう？」

「ダメ、ですか？」

沙也香が訴えかければ、明日香は呻き声を上げた。そうして視線を泳がせた彼女は、やがて根負けしたように溜め息を吐く。

「分かりました。沙也香さんの言う通りにいたしますわ」


ある日の昼休み。沙也香と明日香は食事が終わる頃を見計らい、六花のもとを訪ねた。取り巻きに難色を示されるけれど、なんとか六花と話すことに成功する。

「西園寺さん、東路さん、こうして話すのは久しぶりですわね。わたくしになにかご用だとうかがいましたが、どのようなご用件かしら？」

「はい。じつは、その……」

沙也香はそう言って、隣に立つ明日香と視線を交わす。

そうして頷きあい、沙也香は六花に視線を戻した。

「話というのは先日の件、六花さんの取り巻きのことです。努力することを怠り、六花さんの言葉を曲解して、皆さんのご期待に添えなかったことです。努力することを怠り、六花さんの言葉を曲解して、皆さんに多大なご迷惑をおかけしてしまいました」

そこまで口にした沙也香は、明日香とタイミングを合わせ、二人揃って「「申し訳ありませんでした」」と深く頭を下げる。

それを見た六花の取り巻き達は、いまごろになって……と不満を露わにした。だけど、そんな彼女達の囁きを、六花は軽く手を上げることで遮った。

「……二人とも、頭を上げなさい」

六花の静かな、けれど有無を言わさぬ口調の言葉に二人は揃って顔を上げる。

「貴女がたは、あまりに事を大きくしすぎました。わたくしは澪さんを友人にすると言ったのに、貴女がたはその意に反し、彼女を貶《おとし》めようと攻撃した。それが、わたくしのメンツを潰す行為だったと分かっていますか？」

「はい、いまは分かっています。だから、許されようとは思っていません。それでも、明日香さんと話し合って、六花さんに謝ろうと思ったんです」

「……そうなのですか？」

六花が視線を向ければ、明日香はわずかに目を伏せた。

「……沙也香さんの言う通りです。ご迷惑をおかけして、申し訳ありませんでした」

「そうですか。お二人の気持ちは分かりました。ひとまず、謝罪は受け入れましょう」

こういったやりとりにおいて、言葉のニュアンスは非常に重要になる。とくに謝罪を受けた場合の対応として、大雑把に分けると三つのパターンが存在する。

一つ目は謝罪を受け入れないことで、二つ目は謝罪を受け入れること。そして三つ目は、謝罪を受け入れた上で許すと応じることだ。

この場合は二番目。要約すると、いまはまだ許すつもりはないけれど、謝罪する気持ちがあることは理解した――といった感じである。

実際のところ、沙也香達がしでかしたのは簡単に許されることではない。ゆえに、謝罪を突っぱねられてもおかしくなかった。六花が謝罪を受け入れたのはかなり寛大な対応である。

だから、二人は再び頭を下げた。

「六花さん、寛大なお言葉に感謝いたします」

「昼休みの貴重な時間を頂戴してすみませんでした」

沙也香と明日香はそう言って立ち去ろうと踵を返す。すると、背後から六花に「待ちなさい」と声を掛けられた。二人はおっかなびっくり振り返る。

そこには、穏やかな雰囲気を纏《まと》う六花の姿があった。

「二人は、これからどうするつもりですか？」

「これから、ですか……」

それが澪に対する謝罪のことだというのはすぐに分かった。そして、沙也香自身は澪に謝罪したほうがいいと思っている。けれど、そのことについて、明日香は答えを出せずにいる。

沙也香にとって、なにより大切なのは明日香のことだった。だから、明日香の考えを無視して、澪に謝罪すると言いたくはないと言葉を濁した。

そうして明日香に視線を向ける。

そんな沙也香を見ていた六花が不意に口を開いた。

「……貴女達がしでかしたのは、蒼生学園において大きな事件です。本来であれば、停学になってもおかしくはありませんでした」

「……それは、理解しています」

答えたのは明日香だった。

六花は明日香に向かって「ならば――」と続けた。

「貴女がたは処分が奉仕活動で済んだ理由を考えたことはありますか？」

「え？　それは……いえ、ありません」

明日香にとって問題だったのは、桜坂の娘に喧嘩を売って敗北したという事実だ。だから、数日の奉仕活動で済んだことを安堵しても、その理由を考えたりはしなかった。

だけど、言われてみれば不思議ではある。

蒼生学園の財閥特待生。本来なら一般生の模範となるべき存在で、だからこそ罪を犯したときの罰は大きなものになる。なのに、どうして軽い罰で済んだのか――と。

「……まさか、澪さんが？」

沙也香がぽつりと呟いた。明日香はあり得ないと反論しようとするが、その直前に六花が小さく微笑んだ。その意味を理解した明日香は息を呑む。

そうして動揺する二人に向かって、六花はいたずらっ子のように口を開く。

「ここだけの話として聞いているので、これを貴女達に教えるのは特別です。誰がとは言いませんが、あまり大事にしないで欲しい――と、先生にお願いしたそうですよ」

自分達が軽い罰で済んだのは、澪の口添えがあったから。それを理解した明日香は、自分は彼女を陥れようとしたのに――と衝撃を受けた。

「……明日香さん」

沙也香が、なにか言いたげな視線を向けてくる。明日香は、すぐにその視線に込められた意味を理解し、六花へと向き直った。

「六花さん。この後は……澪さんに謝罪します。沙也香さんと二人で」

「明日香さんの言う通り、いまさらかもしれませんが、私達は一つずつ、やり直します」

二人が頷きあう。

それを見ていた六花は柔らかな笑みを浮かべ――

「沙也香さん、明日香さん」

二人の名前を呼んだ。

その瞬間、二人はびくりと身を震わせる。

蒼生学園は財閥の関係者が多く、同じ苗字の人間が多くいる。それゆえに、基本的には名前で呼び合うというのが通例となっている。だが、だからこそ、親しくないという意思表示に苗字で呼ぶ場合もあって……二人はさきほどまで、六花から苗字で呼ばれていた。

なのに、六花はこのタイミングで、二人のことを名前で呼んだのだ。どうして――と驚く二人に、六花は静かな口調で語りかける。

「貴女がたの過ちは消えません。でも、やり直すことは出来るでしょう。今度こそ、わたくしの友人に相応しいと証明してくださることを期待します」

いつか交わしたやりとりの焼き直し。

あのときは、澪を陥れることで自分達の価値を証明しようとして失敗した。

だけど――

「沙也香さんと二人で、六花さんに友人と呼んでいただけるように努力します」

「私も、今度は間違えません。必ず、明日香さんと二人で証明してみせます」

頷きあう二人。

それを見た六花は満足気に微笑んだ。

「澪さんはとても口は悪いですが、本当は優しい方なんです。ですから、貴女がたが心から謝れば、きっと許してくださると思いますわ」

◆◆◆

明日香さんと沙也香さんが、六花さんに許しを請うた。その噂を耳にした私は、帰路につく車に揺られていた。そんな中、同行しているシャノンがぽつりと呟く。

「……よかったのですか？」

「あの二人のことね。正直、紫月お姉様も判断に迷っていたわ」

あの二人は乙女ゲームにおける悪役令嬢の取り巻きだ。つまり、紫月お姉様の代理である私と共に悪事を働くはずだった人間である。

そんな二人が虐められていると知り、私と紫月お姉様はずいぶんと悩んだ。

二人を助けることは悪役令嬢らしくないけれど、乙女ゲームにないイジメを放置していては、シナリオにどのような影響があるか分からなかったからだ。

「その結果、助ける結論に至った、と？」

「ええ、その通りよ。でも、助けた訳じゃないから」

私はあくまで、目障りな連中を黙らせただけ。

二人が助かったのはその結果――という体を装った。ちゃんと私は悪女らしく振る舞ったので、厚意で助けたとは思われる心配もない。

このまま、彼女達が六花さんの取り巻きになるのなら問題は起きないはずだ。

「という訳で、この件はおしまい。次は体育祭の問題に取りかかるわよ」

みっともなく破滅して、みんなをハッピーエンドに導くために。

――さぁ、悪役令嬢のお仕事を始めましょう。

エピソード2

1

数日経ったある日。私が所属するクラスでは、体育祭についてのホームルームがおこなわれていた。黒板には種目が書き出されていて、誰がどの種目に出るかを話し合っている。

……話し合っていると言っても、財閥特待生——とくに令嬢達は乗り気じゃない。

黒板の前で陸《りく》さんと乃々歌ちゃんが仕切っているが、多くの種目はメンバーが決まらず、くじ引きになる。これが、原作乙女ゲームの流れである。

紫月お姉様によると、乃々歌ちゃんは騎馬戦に立候補。私はくじ引きの結果、沙也香さんと明日香さん、それにモブを加えた四人で騎馬戦に出場することになるそうだ。

原作を忠実に再現するならば、くじ引きを細工する必要があるだろう。

だけど、体育祭における私の役割は特にない。仕方なくといった体で騎馬戦に出場して、なんだかんだと奮戦する、ただそれだけである。

あえて言うなら、体育祭をがんばる乃々歌ちゃんに向かって「そんなに泥まみれになって、ご苦労なことですわね」と笑うくらいである。

という訳で、クラスが優勝する流れを阻害しなければなんだっていいというのが、紫月お姉様の出した答えだ。だから私は、くじ引きの運に任せることにした。

その結果がどうなるか、私は少し興味がある。もし原作の強制力みたいなものが存在するなら、沙也香さんや明日香さんと組むことになるだろう。

でも、さすがにそこまでの強制力はないと思っている。

強制力が原作ストーリーを踏襲させようとしている中で、ここまで原作をむちゃくちゃにしてしまったのだとしたら、私が無能みたいじゃない。

なんてことを考えながらクジを引いたら、私は見事に騎馬戦の選手に選ばれた。

ま、まさか、本当に強制力が？　いや、私一人が選ばれるくらいなら、確率的に考えても不思議じゃない。なんて考えていると、教室の空気が張り詰めたことに気が付いた。

どうやら、私が騎馬戦のメンバーになったことで、誰が組むのか、という話になったようだ。そして、乃々歌ちゃんがちらちらとこちらを見ている。

これは、まずい予感。

そう思った瞬間、沙也香さんと明日香さんが手を挙げた。

……え？

「二人は騎馬戦に出場するのか？」

泥臭いことを嫌いそうな二人が手を挙げたことに驚いたのだろう。話し合いを仕切っていた陸さんが思わずといった感じで聞き返している。

それに対し、二人は力強く頷いた。

それから、彼女らは席を立ち、私の席の前までやってきた。そうして沙也香さんは横に控え、明日香さんが代表するかのように私の前に立った。

「澪さん、お話があります」

「……なにかしら？」

ものすごく嫌な予感がする――と、思いつつ、そんな動揺はかろうじて押さえ込み、なんでもないふうを装って応じた。だけど次の瞬間、私は息を呑むことになる。

ホームルームがおこなわれている教室のど真ん中。

「「澪さん、先日は申し訳ありませんでした」」

二人がみんなの見ている前で深々と頭を下げたからだ。

突然の、それも予想外の出来事に教室がざわめいた。けど、一番驚いているのは私だろう。というか、敵対していたはずなのに、どうして私に謝ってるのよ？

「……なんのことかしら？」

もちろん、分かった上での質問だ。できれば、そのまま引き下がって欲しい――という願いを込めた答え。だけど、そんな私の願いは届かない。

「澪さんの素性についてあらぬ噂を流したことです。本当に申し訳ありませんでした」

止めて、謝らないで。私は悪役令嬢なのよ？　ここで、反省しているみたいだし、二人を許しましょう。みたいな、いい話にするのは悪役令嬢のお仕事じゃないの。

悪役令嬢的には、今更謝って許されると思っているのかしら？　って、高笑いをあげるほうがそれっぽい。だけど——と、シャノンを見れば、微妙な顔で首を横に振られた。

……そうなのよね。

紫月お姉様の判断で、沙也香さんと明日香さんが虐められている状態は、原作ストーリーに悪影響を及ぼす可能性がある——という結論に至り、二人の現状を打破したばかりだ。

ここで二人を突き放したら、二人はいままで以上に立場をなくすことになるだろう。

「話は分かったわ。でも、どうして急に？」

「それは、澪さんと一緒に騎馬戦に出たいからです」

意味が分からない。

なにがどうなったら、そこから一緒に騎馬戦に出ようという話になるのよ？　まさか、本当に原作の強制力が働いている、なんてことはないわよね？

……ないと思うけど、この突拍子もない申し出は理解できない。

「もう少し、分かりやすく説明してくれるかしら？」

「はい。先日、私達を助けてくれましたよね？」

「それは、貴女達を助けた訳じゃないって言ったでしょう？」

「でも、六花さんから、私達の処罰が軽かった理由を教えてもらったんです」

「――は？」

六花さんからって……まさか、軽い罰で済むように働きかけたこと？　どうして六花さんが知ってるの？　というか、言っちゃったの!?　なにやってるんですかと視線を向ければ、貴女の本心を伝えてあげたわよとでも言いたげなドヤ顔で返された。

違う、私は素直になりたいツンデレとかじゃなくて、悪役令嬢を目指しているの！

「だから私達、澪さんのことをみんなに知ってもらいたくて。そのためにまず――」

「分かった、分かったわ。騎馬戦よね、一緒のチームになりましょう」

慌てて話を遮って、騎馬戦でチームを組むことにした。

どうせ、原作では彼女達と騎馬戦に出場することになるんだ。ここで彼女達に、実は私がいい人アピールをさせるよりはマシだろう。

それになにより、乃々歌ちゃんと組むよりはマシだからね！

「あれ？　だけど、騎馬戦は四人よね。もう一人は――」

そこまで口にして息を呑んだ。

私達のやりとりは、まるで寸劇のようにクラスメイトの見世物になっていた。そして、その劇に一番注目していたのが教壇の前にいる乃々歌ちゃんである。

彼女の顔には、私も参加すると書いてある。

ま、まずい。それだけはまずい。悪役令嬢の私が、ヒロインと一緒になって体育祭をがんばるとか、どう考えても原作を崩壊させることになる。それだけは絶対に避けようと、乃々歌ちゃんが口を開く寸前、「もう一人は！」と声を張り上げた。

それに驚いた乃々歌ちゃんが口を閉じる。

あ、危なかった。間一髪だった。

立候補を遮られた乃々歌ちゃんは不満そうだ。ここで私が言葉を濁せば、今度こそと名乗りを上げるだろう。だからそれより早く、もう一人を決めなくてはいけない。

もう一人、誰か友達を……友達？

――私、このクラスに友達がいない！

まずい、どうしよう？　シャノンに頼む？　たしかにシャノンなら受けてくれるけど、彼女と私に繋がりがあるというのは出来れば隠しておきたい。

あぁでも、他に選択肢がないのも事実。こうなったら背に腹はかえられない。

そう思って私がシャノンを指名する寸前、六花さんが手を上げた。それを見たクラスメイト達、もちろん私を含めてが沈黙した。その一瞬の隙に彼女はこう口にした。

「わたくしが参加いたしますわ」――と。

本日、二度目の驚きである。

というか、騎馬戦って三人は馬になるんだよ？　私は悪役令嬢的に、馬になるとかあり得ない。でも、桜坂家の娘が、雪城家の娘を馬にするとか……それはそれでどうなのよ？

というか、馬になるつもりなのよね？　まさか騎士になるつもり？

どっちにしてもトラブルの予感しかしない。

「……六花さんが、わたくしのグループに入るのですか？」

騎馬戦だよ。貴女が私のところに来るなら、貴女は馬になるのよ？　と、遠回しに訴えてみた。だけど六花さんはにこにこ顔で「ダメですか？」と聞き返してきた。

問題しかないのだけど……と、教壇に視線を向ければ、乃々歌は出遅れちゃったとでも言いたげな顔をしている。六花さんをメンバーに入れなければ、即座に立候補するだろう。

あぁもう、仕方がない！

「分かりました、六花さんも一緒に騎馬戦に出ましょう！」

「ええ、よろしくお願いしますわ」

私が応じれば、教壇のまえに立つ陸さんが「どうやら決まったようだな」と、苦笑い交じりに言って、黒板に私達の名前を記入していく。

そして、その横にいる乃々歌ちゃんはぷぅと頰を膨らませている。その仕草は可愛いけど、貴女はどうしてそんなに私に懐いているのよ？

わりとまじで謎なんだけど。

「さて、他に騎馬戦に立候補する者はいないか？」

黒板に名前を書き終えた陸さんがそう口にした。

……って、あれ？　たしか、乃々歌ちゃんも騎馬戦に出場するのよね？　あの子、私と組めなかったことでしょんぼりして、まったく騎馬戦に立候補する様子がないんだけど。

「他にいないな？　なら、残りはくじ引きで――」

あぁもう、仕方ないわね！

「乃々歌、貴女は騎馬戦に出ないの？」

「私も出ます！」

即答だった。

私の問い掛けに秒で応じて、それからクラスの仲良しな子達に一緒に出ないかと誘いを掛ける。それにクラスメイト達が仕方ないわねと応じて、彼女達の出場が決まった。

……よかった。

どうやら、ヒロインが原作と違う種目に出るという、最悪の事態は避けられたみたい。

という訳で、声を掛けたのは仕方なかったのよ。だからシャノン、その、また乃々歌さんを誑《たぶら》かして――みたいな顔で私を盗み見るのは止めて。

溜め息を吐いて、席に座り直す。

……って言うか、先生達には口止めをしてあったはずなのに、どうして六花さんがその件を知っているのかしら？　……なんて、答えは考えるまでもないわよね。

桜坂家より、雪城家のほうが権力が強い、ということ。

これが私を陥れるためなら動きようもあるけれど、おそらく善意によるものだろう。そう考えると、こうなるのも必然だったのかもしれない。

なんて考えていたら休み時間になって、すぐに六花さんが近付いてきた。

「澪さん、少しお時間よろしいですか？　騎馬戦のことでお話が」

「ええ、もちろん」

私が頷くと、六花さんは唐突に自分は馬でいいと宣言した。彼女の取り巻きが難色を示すが、彼女は、自分が澪さんのグループに入れてもらうのだから当然だと言い放つ。

ひとまず、トラブルにならずに済んで助かった。と思っていたら、彼女はところで——と話題を切り替えた。そのピリッとした気配から、こちらが本題に違いないと背筋を正す。

「実は、澪さんに聞きたいことがあったんです。もうすぐ財界のパーティーがあるのですが、そこに紫月さんは出席なさいますか？」

「紫月お姉様は海外留学の用意をしているので、おそらく出席はしないと思いますが……必要なら確認してみましょうか？」

「いえ、そこまでしていただく必要はありませんわ。ただ、彼女に聞いてみたいことがあっただけなので。……もしや、澪さんもご存じかしら？」

出来るだけ、用件については興味がないフリをしていたというのに、自然な流れで言及されてしまった。なんだか探りを入れられている気がする。

私、悪役令嬢として必要な知識を優先して学んでいるから、それ以外の知識がわりと穴だらけなのよね。六花さんの疑問に、上手く答えられるといいのだけど……

そんなふうに警戒心を抱きながら「なんのことでしょう？」と問い返した。

「日本では、雪城家、月ノ宮《つきのみや》家、桜坂家の三つの財閥を合わせて、三大財閥と呼ばれているのは、澪さんには言うまでもないことですよね。そしてその資産も」

「ええ、もちろん存じていますわ」

多少の変動はあるけれど、三大財閥の資産は数百兆円規模で、一位から三位までは数十兆円刻みの差しかない。三大財閥は拮抗しており、四位以降は水をあけられている状況。

これが乙女ゲームとして作られたこの世界の現状だ。本来の歴史では財閥が解体されていて、そこだけを改変したこの世界には色々と歪みができているらしい。

そうして金融危機が発生するのが原作のストーリーなんだけど、私と同様にこの世界で生まれ育った六花さんには知り得ない情報だ。

なのに、どうして財閥の話をするんだろうと首を傾げていると、六花さんが口を開いた。

「紫月さんは、海外に企業をお持ちでしょう？」

「……ええ、そうですね」

と答えてみたものの、もちろんそんなことは知らない。いや、紫月お姉様が、なんか会社を持っているって話くらいは聞いたことがあるんだけどね。

「以前、新年会のパーティーで紫月さんがおっしゃっていたんです。お小遣いで起業した
だけだから、大した規模じゃない――と」

探るような視線を向けられる。

私の表情からなにかを読み取ろうとしているみたいだけど……ほんとに知らないのよ
ね。あぁでも、紫月お姉様なら、お小遣い規模でもとんでもなく高額そうだけど。

「紫月お姉様がそうおっしゃったのなら、その通りだと思いますわ。もちろん、お小遣い
という言葉に、個人的な開きはあると思いますけど」

紫月お姉様は、未来を知っているようなものだ。きっと、数百万規模なんかじゃない。
数千万とか、数億規模で稼いでるんだろうなとは思う。

だけど、その程度なら今更よね。

「澪さんはさすがですね」

「なんのことですか？」

小首を傾げれば、六花さんはいいえと苦笑いを浮かべた。

「それより、澪さんは秋月《あきづき》家についてご存じですよね？」

「ええ、もちろん知っていますわ」

今度は即答した。

そのあたりは家庭教師から習ったところだ。三大財閥から大きく水をあけられているので四大財閥とはあまり呼ばれないが、序列的には第四位の大財閥だ。

ちなみに、秋月家は自ら四大財閥の一つと名乗っているらしい。

「その秋月家がどうかなさったんですか？」

「婚姻による合併などを積極的におこない、下剋上を狙っている動きがあるようですわ」

六花さんが忠告してくれているのだと理解する。三位と四位のあいだに大きな隔たりがあるとしても、四位と五位が手を組めば三位を抜かすことも出来る——とか、そういう話だろう。

でも、紫月お姉様は未来を知っているから、私が心配する必要はないんだよね。

「ご忠告に感謝いたしますわ」

小さく微笑めば、六花さんは軽く目を見張った。それから目を細め、「まあ、紫月さんのしていることに比べれば、大したことではありませんよね」と苦笑する。

……って、え？

もしかして、紫月お姉様の稼ぎって、数億レベルじゃ……ない？

◆◆◆

蒼生学園には、財閥特待生だけが使うことの出来る施設がいくつか存在する。そのうちの一つであるカフェの一角で、六花と琉煌が顔を突き合わせていた。

「……それで、探りを入れた結果はどうだった？」

アイスコーヒーを片手に琉煌が問い掛けた。テーブルを挟んだ向かいの席に座る六花はアイスティーを一口飲んで苦笑いを浮かべる。

「さすが澪さんと言うしかありませんわね。紫月さんが軽く兆を超える資産を隠し持っていると指摘しても、顔色一つ変えませんでしたわ」

「顔色一つ変えないと来たか。澪は最近まで普通の苦学生だったはずだが」

庶民だからといって、感情が顔に出やすいと決まっている訳ではない。けれど、習慣的に身に付けた感覚はそう簡単に消すことが出来ない。普通の苦学生であれば、身近な人が兆を軽く超える金額を稼いでいると聞いて普通でいられるはずがない。

「本当に、不思議ですわよね。その頃から欺瞞《ぎまん》に長けていたのかしら？」

「あるいは、短期間の教育でその域に至ったという可能性はどうだ？」

「……考えるだけでも恐ろしいですわね」

もしそれが事実なら、物心ついた頃から教育を受けている二人に、澪がわずか数ヶ月で追いついたということになる。それは、天才という言葉ですら生ぬるい。

「だが、西園寺と東路をはめた手際を考えれば否定できまい。あれだって、澪が自分で考えた策略のはずだ。あるいは……いや、さすがにそれはないか」

「……なんのことですか？」

珍しく言葉を濁す琉煌が珍しくて、六花はこてりと首を傾げた。

「いや、紫月がすべてを計算した上で、澪を操っている可能性もあるかと思ってな」

「……さすがにそれは」

あり得ないと六花は笑う。もしそんなことがあれば、紫月は沙也香や明日香はもちろん、琉煌や六花の行動すら読んで、澪を思いのままに動かしていることになる。

そんなことは、未来でも知らなければ不可能だ。

「……どちらにせよ、澪の成長なくしてはあり得ない話か。では、秋月家の件はどういう反応だった？」

「そっちもご存じだったようですよ。わたくしに指摘された後、すごくいい笑顔で微笑んでいましたので、怪しい動きがあると伝えたのだろう？」

「また、なにか罠を仕掛けている、ということか」

沙也香と明日香のような犠牲者がまた一人。

そんな未来を想像した二人は思わず苦笑いを浮かべた。

2

体育祭における悪役令嬢の存在はモブのようなものだ。相応の結果を出してクラスの勝利に貢献はするけれど、特に悪役らしい活動をすることはない。

とはいえ、悪役令嬢である以上、乃々歌ちゃんと仲良くする訳にはいかない。

なのに――

「澪さん、今日こそ駅前でパフェを食べませんか？」

放課後、廊下を歩いていた私の下《もと》に、乃々歌ちゃんが尻尾を振って駆け寄ってくる。ヒロインに相応しい、可愛くて健気な性格をしているから、出来れば優しくしてあげたいとは思う。

けれど、妹の命を天秤に乗せることは出来ない。

「悪いけど、わたくしは暇じゃないの」

「じゃあ、校内のカフェでケーキはどうですか？」

「いや、ちょっとは話を聞きなさいよ」

「聞いてますよ～。だから早く行きましょう」

乃々歌ちゃんはそう言って歩き出す。いや、絶対についていかないからね？　と見送っていると、少し歩いたところで先輩とおぼしき男子生徒に声を掛けられた。

男子生徒は、いかにも女慣れしてそうな雰囲気を纏っている。

「キミ、一年生？　名前は？」

「え？　私は柊木ですけど」

「名前だよ、名前」

「あぁ、ごめんなさい。私は乃々歌です」

面白いくらい、誘導尋問——と言うのもおこがましい誘導に引っかかっている。私は思わず溜め息を一つ。乃々歌ちゃんの元へと向かった。

「へぇ、乃々歌ちゃんか。一般生だよね。よかったら俺と……」

「——邪魔よ」

「あ？　いま、俺がこの子と……って、桜坂 澪!?」

私の顔を見た男子生徒が青ざめる。

……そうか。たしかこの男子生徒、紫月お姉様が用意してくれたアプリにある、注意する人物リストに載っていた。財閥特待生の末席に属するチャラ男くんだ。

「わたくしを知っているのなら話は早いわね。——消えなさい」

「し、失礼いたしました」

男子生徒は全速力で逃げていった。

それを見送ることなく、私はジト目で乃々歌ちゃんを見つめる。

「乃々歌、いくら聞かれたからって、知らない人にほいほいと名前を教えてどうするのよ。子供じゃないんだから、少しは警戒心を持ちなさい！」

厳しい口調で言い放つ。

「ごめんなさい。次から気を付けます。それと……心配してくれてありがとうございます」

「誰が誰の心配をしてるって？　自意識過剰もいいかげんにしなさいよね」

私は髪を掻き上げて呆れた素振りを見せ、それじゃもう行くわねと踵を返す――が、今度は乃々歌ちゃんに制服の裾を摑まれた。

「……乃々歌、なんの真似？」

「カフェはそっちじゃないですよ」

「だから――」

行かないと口にする寸前、私の耳に小さな振動音が聞こえた。自分のではないから、乃々歌ちゃんのスマフォだろう。私は視線で「出てもいいわよ」と促した。

「分かりました。ちょっと待っててくださいね」

乃々歌ちゃんはそう言うけれど、私に待つ義理はない。彼女が携帯で喋り始めるのを横目に、私はさっさとその場から立ち去った。

そうして乃々歌ちゃんと別れた私はスタジオに顔を出す。先日のモデルが好評だったので、継続的にモデルをしないかと誘われたからだ。

私は雇われ悪役令嬢で、原作ストーリーをハッピーエンドに導くのがお仕事だ。それ以外のことにかまけている余裕はないのだけれど、これは紫月お姉様からの指示でもある。乃々歌ちゃんが私に懐いていることを利用して、ファッションにもっと興味を持たせようという計画だ。

とまあそんな訳で、私は再びファッション誌のモデルをこなす。オフショルダーのブラウスに、ティアードスカート。ニーハイストッキングといういつもの組み合わせ。色やデザインは毎回少し違うけれど、これは紫月お姉様が経営するブランド、SIDUKIで揃えている私個人の私服だ。桜坂家のお嬢様の、日常コーデというコンセプトらしい。

でも、私の普段着がファッション誌で紹介されるってことは、乃々歌ちゃんが真似ることを期待して、ということよね。街で同じ服装の乃々歌ちゃんと出会って「おそろいですね！」とか言われるかもと思うと、わりと複雑なんだけど。

いつか、悪役令嬢として彼女を傷付けなくちゃいけない。それならいっそ遠ざけてしまいたいのに、彼女の成長を促すという役割がそれを許してくれない。

ほんと、複雑な気持ちになってしまう。

「澪、表情が暗いわよ」

「すみません」

カメラマンの小鳥遊《たかなし》先生に注意された私は即座に意識を切り替える。最初の頃はモデルとして素人も同然だったけど、あれから少しは様になってきた。

なんて、私にはもったいないほどの先生の教えを受けたおかげ、なんだけどね。

ともあれ、私はモデルとしての役割を果たしていく。そうして撮影を終えた私に、小鳥遊先生が話し掛けてきた。

「澪、貴女、才能あるわね」

「本当ですか？」

「ええ。上達速度は一流よ。最初が三流以下だったから、ようやく二流ってところだけど」

「先生は手厳しいですわね。でも、自覚はあります。次はいまよりも上手くやりますわ」

「生意気――と言いたいところだけど、貴女は本当に達成しちゃうのよね。普通の子は、そのあたりで伸び悩んだりするんだけど、ね」

「それは……いえ、ありがとうございます」

妹のためだから――という言葉が喉元まで込み上げたけれど、それは口にしなかった。私が死に物狂いなのはたしかだけど、それは他の子だってきっと同じ。

他の子が努力してない、みたいな言い方は失礼だと思ったのだ。

「その感性、独特よね。こんなに面白い子、貴女のお姉様は何処で見つけてきたのかしら」

「それは――」

ただの偶然だと口にしようとして、本当にそうだろうかと思って言葉を濁した。最初は偶然だと思ったけれど、いまはもう分からない。

「ん、どうかした？」

「いいえ、なんでもありませんわ」

私は笑って話を切り上げた。それから帰る用意をしていると、鞄に入れていたスマフォに留守電が入っていることに気付く。着信があったのは佐藤として登録している番号のほうで、相手は以前お世話になっていた病院の先生だった。雫の私物が見つかったから、取りに来て欲しいとのこと。私はその荷物を受け取るべく、スタジオ帰りに病院へと向かった。

最近まで気付いていなかったのだけど、いまの私は生家のことを周囲に隠す必要がない。佐藤家から、桜坂家の養女になったと学園であんなに派手に打ち明けたからだ。

という訳で、今日の私は蒼生学園の制服姿だ。

「お久しぶりです」

入院病棟の受付で、看護師のお姉さんに声を掛ける。妹の入院中にとてもお世話になった看護師さんで、私を見ると少し驚いた顔をした後、すぐに笑顔になった。

「何処のお嬢様かと思ったら、澪ちゃんじゃない。久しぶりね。今日はどうしたの？」

「ええっと、雫の忘れ物があると聞いたんですが」

「忘れ物、忘れ物……あぁ、これね」

手元のメモを見て、悪いけどちょっと待っていてと言われる。そうして言われた通りに待合室で待っていると、ほどなくして手提げ袋を持った先生が姿を現した。

「先生、お久しぶりです」

席を立って迎えると、先生は「ああ、数ヶ月ぶりだね」と応じてくれた。

「これが雫さんの私物だよ。それと、少し時間はあるかい？」

先生はそう言って、待合室にある自動販売機を指差した。

以前の私なら、先生の意図をすぐには理解できなかったかもしれない。けれど、いまの私はすぐに、飲み物を一杯おごるあいだ、話に付き合って欲しいという意味だと理解する。

「雫のことですね？」

「ああ、よく分かったね」

「先生にはご心配をお掛けいたしましたから」

転院の話はわりと急だった。私の取り引きに関することなので、先生も詳しい事情を聞かされていないのだろう。雫のことを心配してくれているのがありありと分かる。

「それは、肯定と受け取っていいのかな？」

「はい。オレンジジュースでお願いします」

「交渉成立だ」

先生は紙コップのオレンジジュースを買って私に手渡し、自分はコーヒーを購入した。そうして私の隣に腰掛けると、「それで、雫さんは元気にしているか？」と問い掛けてきた。

「はい。おかげさまで小康状態を保っています」

「……そうか」

先生は少し言葉を選ぶような素振りで呟いた。雫のために尽力してくれた先生には、出来るだけ誠意を持って応えたい。そう思った私は、何処まで教えても大丈夫か素早く計算する。

「実は、海外で治験がおこなわれている治療を三年以内に受けられるかもしれません」

「そうか、やはり」

「……やはり、ですか？」

カマを掛けられている訳ではないはずだ。

どうしてと小首を傾げる私に、先生は軽く肩をすくめた。

「転院の手続きをしに来たのが、明らかに財閥の関係者だったからね。そして、今日ここに来たキミの制服姿。もしかしたら……と少しだけ期待していただけだよ」

「そう、ですか。ごめんなさい。あのときは、あまりお教えすることが出来なくて」

「いや、かまわないよ」

先生はそう言うと、目的は果たしたとばかりにコーヒーを飲み干した。

「医師をやっているとね、理不尽な現実に直面することはしょっちゅうだよ。でも……今回は違うようだ。雫さんが快復することを心より願っているよ」

先生はそう言って立ち上がり、空になった紙コップをゴミ箱へと捨てる。それから、澪さんはゆっくり飲んでから帰るといい――と言って立ち去っていった。

私はそれを見送り、オレンジジュースをこくこくと飲む。その直後、不意に袖を引かれた。びっくりして視線を下ろすと、いつの間にか隣に女の子が座っていた。

小学校の上級生くらいの年頃だけど……入院してる子、かな？

「ねえねえお姉ちゃん、先生の彼女？」

「……え？」

「先生の彼女なの？」

目をキラキラさせている。

ちょっとおませな女の子だった。

「違うよ。私は……以前先生にお世話になっていたの」

「そう、なんだ？　私も、先生にお世話になってるんだよ」

「……そっか」

ここは入院病棟なので、先生にお世話になっているのなら入院しているのだろう。こんなに小さいのに、雫のように入院していると思うと、それだけで感情移入してしまう。

……って、入れ込みすぎね。そもそも、雫のように不治の病の子供はそう多くない。この子はたぶん、一時的に入院しているだけだろう。

「それで、私になにか用事かしら？」

「あのね、あのね。教えて欲しいことがあるの」

「……教えて欲しい？」

「このご本なんだけど……」

と、女の子が取り出したのは、マンガで分かる礼儀作法の本だった。

……って、こんな子供が、なぜに礼儀作法？　もしかして、財閥関係者の子供だったりするのかな？　いや、財閥関係者なら、誰も護衛を連れていない、なんてことはないわよね。

なんて、そういう私は護衛を連れていないのだけど。

とにかく、財閥の子じゃないなら大丈夫——なんてね。いままでの私はそこで油断したかもしれないけど、さすがに私だって学習はしている。

「教えてあげてもいいけれど、そのまえに貴女のお名前を教えてもらってもいいかしら？」

「私の名前？　私は……美羽《みう》だよ」

「美羽ちゃん？」

「うん、美羽だよ」

「そっか、いい名前だね」

よかった。乃々歌ちゃんの友達の名前と似ているけれど違う。

……っていうか、冷静に考えたら当然よね。仮に美優ちゃんがこの病院に入院していたとしても、ばったり出くわすのは難しい。その上、入院先はここだと決まっていない。

この街にある病院の数を考えれば、出くわすほうがおかしいのだ。

「お姉ちゃんは？」

「ん？　あぁ、私の名前ね。澪よ」

「じゃあ……澪お姉ちゃんだね」

――はうっ。

愛らしい顔でお姉ちゃんと呼ばれて、思わず小さい頃の雫と重ねてしまった。

「よぉし、お姉ちゃんになんでも聞きなさい」

「ありがとうっ！　それじゃ、澪お姉ちゃん、ここを教えて！」

「いいわよ。見せてごらんなさい？」

美羽ちゃんと並んで座り、二人で一緒に本を持つ。美羽ちゃんがここを教えて欲しいのと開いたのは、タクシーなどに乗ったときの、席順についてのページだった。

この辺りは、私もつい最近学んだばかりだ。

そのときに交わした紫月お姉様とのやりとりを思い出して苦笑いを浮かべる。

「これの、なにが分からないの？」

「うん。あのね。席順は上座が運転席の真後ろで、次は助手席の後ろ、そのあいだ。助手席が下座という順番になってるでしょ？」

「……ええ。よくお勉強してるわね」

本を読んだばかりとはいえ、小学生くらいの子供がちゃんと理解しているなんてすごいと感心してしまう。でも美羽ちゃんは、その上で教えて欲しいことがあるんだよね？

「なにが分からないの？」

「だって、助手席の方が見晴らしがいいでしょ？　それに、三人目の人が後部座席の真ん中だなんて、もし三人共が大きな男の人とかだったら、席が狭くなっちゃうよね？」

私は思わず目を見張って、そうだねと微笑んだ。

ちなみに、後者は私も同じ疑問を抱いたけれど、前者は思ってもみなかった。子供だから発想力が柔軟なんだろうなって感心してしまう。

「あのね。車の場合は、もし事故があったとき、一番安全な場所が上座なの。助手席は事故のときに危険が及びやすいから、下座になっているんだよ」

「……そうなの？」

「うん。だから、景色が見たい！　って感じで偉い人が助手席に座ることもあるかもね」

「そうなんだ！　じゃあじゃあ、三番目の人が、真ん中に座るのは？」

「そっちは……四番目が居なければ、あいだには座らずに助手席に座ることが多いかな」

三人の中で一番の下っ端が、遠慮して下座に座るのもまた、目上に対する気遣いである。

でも、だけど――だ。

そういう話をしたとき、紫月お姉様はこう言った。

「わたくしなら、別の車を手配するけどね」

もう一台同じ車を手配する。

もし一緒に乗る必要があるのなら、大人数で乗れるリムジンを用意するのが普通だから、どっちにしても席を詰めて乗るという発想がそもそもない――とは、紫月お姉様の言である。

それを聞いた女の子は、ぽかんと大きな口を開けた。

「……えっとえっと。じゃあ、この本に書いてあることが間違っているの？」

「間違ってる訳じゃないよ。ただ、マナーに囚われちゃダメ。重要なのはマナーを守ることではなく、相手の気持ちを汲むことなんだよ。……なんて、難しいかな？」

私が問い掛けると、女の子は「んー、んー、分かんない！」と可愛らしく微笑んだ。

「そっか、分からなかったか。でも……大丈夫。いつかきっと分かるときが来るよ」

「そう、かな？」

「いまそれだけ疑問を持ってるなら、きっといつか分かるよ。私が貴女ぐらいのときなんて、そもそも席順なんて考えなかったもの。だから、自信を持ちなさい」

「ありがとう、澪お姉ちゃん！」

女の子はそう言って本を持って立ち上がった。

「……もういいの？」

「うん！　ところで、お姉ちゃんもここに入院してるの？」

女の子が無邪気に問い掛けてくる。

「うぅん、入院していたのは私じゃなくて……」

いくら私が佐藤家の出身であると隠す必要がなくなったのだとしても、妹のことはおおっぴらに言うことではない。そうして言葉を濁した私に対して、女の子は泣きそうな顔になる。

「もしかして、その人になにかあったの？」

「ち、違うよ。そうじゃなくて、転院しただけだから」

「そうなの？」

私はこくこくと頷く。

「……そっか。じゃあ、その人が早く退院できるといいね！」

「ありがとう。貴女も早くよくなるといいね」

私がそう言うと、女の子は無邪気に微笑んで、それから「ありがとう、またね！」と走り去っていった。廊下の向こうから、「こら、走ったらダメでしょ」みたいな声が聞こえてくる。

雫にも、あんな頃があったなぁ……なんて思いながら、私もまた席を立った。

◆◆◆

澪の元を去った女の子は、看護師のお姉さんに走っちゃダメとたしなめられて謝ったりしながら、自分の病室へと戻った。

そうして、そこに高校生の女の子——乃々歌が居ることに気付いて目を輝かせた。

「乃々歌お姉ちゃんっ！」

「あ、いたいた。いったい何処に行ってたの、美優ちゃん」

「えへへ、ちょっとお散歩にね」

「そうなの？　ならいいけど……身体の調子はどう？」

「んー？　平気だよ？」

「……ほんとかなぁ」

乃々歌は疑いの眼差しを向けるけれど、女の子——美優は「そうだ、乃々歌お姉ちゃんから教えてもらったこと、ちゃんと出来たよ！」と満面の笑みを浮かべる。

「……私の教え？」

「うん。初対面の人から名前を聞かれても、簡単に本名を教えちゃダメだって教えてくれたでしょ？　だから、名前を聞かれたとき、美羽って名乗ったの！」

どう？　偉いでしょ？　と言いたげに胸を張る。無邪気な彼女は、その些細な嘘が後にどのような事態を引き起こすかまったく気付いていない。

もちろん、乃々歌も気付かない。乃々歌の頭の中は、どうやって美優に手術を受けるように説得するかでいっぱいだったから。

3

「みなさん、体育祭の練習をしませんか？」

ある日のホームルーム。乃々歌ちゃんがそんな提案をした。一般生はその提案に「いいんじゃない？」といった感じで肯定的な言葉を返す。だけど、財閥特待生は乗り気じゃない——以前に、自分達は関係ないとばかりに答えなかった。

これは、財閥特待生と一般生のあいだに確執がある学園においては自然な反応。

——だったのだけど。

「財閥特待生のみなさんも、一緒に体育祭の練習をしませんか？」

乃々歌ちゃんは財閥特待生を名指しした。すると、財閥特待生に属するお嬢様の一人が不満を露わにする。

「嫌よ。もし突き指でもしたら困るじゃない」

「そんな、突き指くらいで――」

大げさなと言おうとしたのだろう。私はこのお馬鹿と内心で罵りながら「乃々歌――」と声を上げ、彼女がみなまで言うのを防いだ。

「貴女が体育祭に情熱を注ぐのは貴女の勝手よ。でも、それをわたくし達に押し付けるのは止めてくれるかしら？　貴女は知らないでしょうけど、彼女はピアノをやっているの」

突き指を心配している令嬢――茜《あかね》さんはピアノに情熱を注いでいて、定期的にコンクールにも出場している。なので突き指の危険がある運動はもってのほかだ。突き指をしない競技を勧めるならともかく、『突き指くらい』と言うのは、彼女の生き様を否定するに等しい。

私の指摘でそのことに気付いたのだろう。

「そうとは知らずに、失礼なことを言ってごめんなさい」

乃々歌ちゃんはピアノを習っている彼女に向かって頭を下げた。それで毒気を抜かれたのか、茜さんは「いえ、わたくしは別に……」とそっぽを向いた。

なんとか事無きを得た。

というか、乃々歌ちゃんの察しのよさは相変わらずだね。いつもは私の悪役令嬢ムーブの裏にある善意を読み取られて苦労させられるけど、今回ばかりは察しのよさに感謝だ。

でも……困った。乃々歌ちゃんの意見に感化されたクラスメイトが一致団結して、体育祭の練習を始める流れになるのが原作ストーリーなんだよね。

なのに、私が乃々歌ちゃんの意見を論破してしまった。このままだと体育祭で勝利イベントが発生しない。どうしようと視線を泳がせていると、六花さんと目があった。

彼女は私に向かって微笑むと、乃々歌ちゃんへと視線を向けた。

「乃々歌さん、貴女は特に体育がお好きというふうには見えませんでしたわ。なのに、急に体育祭をがんばろうと言い出すなんて、なにか理由があるのですか？」

おぉ、すごいよ六花さん！　さすが、他人の機微に通じている——と言いたいところだけど、どうして私の思惑が分かったのかな？　少し気になるけれど、この流れを止める訳にはいかないと、私は成り行きを見守ることにした。

乃々歌ちゃんは視線を泳がせた後、実は——と口を開く。

「私、児童養護施設で暮らしていたことがあるんです」

ざわり——と、教室が揺れた。

一般生にとっても、児童養護施設で育ったというのは衝撃的な事実だ。ましてや、財閥特待生の子息子女にとっては別世界の出来事にも等しい。

あ、でも、六花さんはポーカーフェイスを……いや、驚きに固まってるだけかも。そう思って私が小さく咳払いをすると、六花さんがハッと我に返った。

「……驚きました。乃々歌さんはそのような暮らしをしていたのですね」

「はい。と言っても短い期間なんですけどね」

「そう、なのですね」

六花さんは安堵の表情を浮かべた。

……六花さんって、紫月お姉様並みに切れ者だって思ってたんだけど、こういう部分は意外と普通なんだよね。いや、紫月お姉様が例外、なのかな？

「でも、その短い期間でも仲良くなった女の子がいるんです。その子は私のことを姉のように思ってくれていて、私もその子のことを妹のように思っています」

「妹のように……」

六花さんが小さな声で呟いた。その向こうでは琉煌さんも意識を何処かに飛ばしている。おそらく、二人揃って瑠璃ちゃんのことを思い出しているのだろう。

そんな彼らに向かって、乃々歌ちゃんはその言葉を紡いだ。

「――だけど、その子が病気で入院してしまって」と。

病弱な瑠璃ちゃんを心から大切に思う兄と従姉。二人の琴線を、妹のような存在が病気というワードが刺激する。もう、その言葉だけで、乃々歌ちゃんの味方になりたくなったはずだ。

事前に知らされたときの私もそうだったからよく分かる。六花さんは身につまされるような想いを抱いているのだろう。乃々歌ちゃんに向かって控えめな口調で問い掛けた。

「それで……その、その子の病気は……？」

「幸い、手術をすれば治るそうです。その手術も決して難しいものじゃないんですが……その子、まだ十歳で、手術を受けるのは嫌だって……」

「それは、難しい問題ですわね」

「……はい」

乃々歌ちゃんは俯いてしまった。彼女達のやりとりを聞いていたクラスメイトも感化されたようで、教室が湿っぽい空気になってしまう。

そんな中、琉煌さんが口を開いた。

「事情は分かったが、それと体育祭の練習にどう関係があるんだ？」

「それは……その。私がいつもその子に学校のことを話しているんです。それで、体育祭でうちのクラスが優勝したら、手術を受けるって約束してくれて……」

「……なるほど、そういうことか」

そう言って琉煌さんがちらりと私を見た。彼は私が佐藤家の人間だったことを最初から知っていて、病気の妹がいることも知っている。

自分と同じように共感しているると思っているのだろう。

……実際、それは正解なんだけどね。

でも私は、悪役令嬢として乃々歌ちゃんに同情する素振りを見せる訳にはいかない。そうして素知らぬフリをしていると、乃々歌ちゃんが自分の胸に手を当てて口を開いた。

「みなさんに関係ないことなのは百も承知です。でも、それでもどうか、あの子が手術を受ける決心が付けられるように、どうかご協力をお願いします！」

深々と頭を下げ、それから長い沈黙の後にゆっくりと顔を上げる。クラスメイトをまっすぐに見つめる瞳が綺麗だと思った。そして、そう思ったのは私だけじゃないだろう。

「……練習くらいはいいのではないか？　俺も、どのみち負けるつもりはないからな」

最初に同調したのは琉煌さんだった。続けて六花さんが、「妹のような存在のためと聞いたら協力しない訳にはいきませんわね」と微笑んだ。

続けて、二人がそう言うのなら——と、財閥特待生が次々に同調していく。もちろん、一般生達にも同調の声は広がっていく。

そうして一致団結のムードでみんなが盛り上がっている中、沙也香さんと明日香さんが「澪さんはどうなさいますか？」と問い掛けてきた。

そういえば、二人は原作通り、悪役令嬢である私の取り巻きポジに戻ったんだったね。

「わたくしには関係のない話ですわ」

悪役令嬢らしく笑う。そのやりとりを聞いていたのか、陸さんが眉をひそめた。だけど私の予想に反し、明日香さんと沙也香さんは顔を見合わせると――

「なるほど、これが六花さんの言っていた……」

小さく頷きあった。

六花さんの言っていたって、なにかしら？　意外と冷たいところがあるとか、そういう話でも聞いたのかしら？　私は悪役令嬢だから、間違ってないんだけどね。

とまあ、そんな訳でホームルームは終了。

私は教室を後にしたのだけど――

「澪さん」

廊下を歩いていたところ、陸さんが追い掛けてきた。すぐに髪を掻き上げ、自分は悪役令嬢だという暗示を掛け直す。

「わたくしになにかご用かしら？」

「いや、その……キミは乃々歌さんの頼みを聞いてやらないのか？」

「わたくしが？　なぜ？」

まったく意味が分からない。という体で聞き返す。

私には人の心がない、という演出である。

「キミが悪役を演じているのは知っているが、そうする理由はなんだ？」

「悪役を演じる？　貴方の気のせいですわ」

「いや、どう見ても――」

「気のせいですわ」

「いや」

「気のせいだと言っているでしょう？」

「……そうか」

勝った。

……いや、バレバレな時点で負けているのだけど。

っていうか、陸さんにまで私の本性がばれているの？　もう本当に勘弁して欲しい。私は悪役令嬢として破滅しなくちゃいけないんだから。

そもそも、私が演じる悪役令嬢としての役割が問題なのよね。

たしかに、原作の悪役令嬢はただの悪女なのだろう。

けれど、そんな悪役令嬢の行動で、結果的に乃々歌ちゃんが成長することになる。それを意図的におこなうと、ツンデレみたいに見えるのは当然だ。

だけど、まあ……一つ分かっていることがある。信頼を築き上げるのは大変だけど、築き上げた信頼が崩れるのは一瞬だという事実。

いまはツンデレみたいに見えていても、最終的にやっぱり悪女だったとなればいい。最終的にみっともなく破滅して、乃々歌ちゃんと攻略対象が結束するように仕向ければいい。

嫌われることと、乃々歌ちゃんを成長させること。同時におこなおうとするから、ちぐはぐになってしまうのだ。だから、いまは体育祭のストーリーを忠実に再現する。

「もう一度申し上げましょう。乃々歌のお願いを聞く義理はありませんわ」

私は悪女らしく笑った。

それを聞いた陸さんが考える素振りを見せた。

「キミはたしか、騎馬戦に出場するのだろう?」

「ええ、それがなにか?」

「キミは桜坂家の娘でありながら、自分が無様に負けてもかまわないと思っているのか?」

安っぽい挑発だ。

でも、原作の悪役令嬢は、きっとこんな言葉に乗せられたのだろう。

だから――

「笑わせないでください。桜坂の娘が無様を晒すなどあり得ませんわ」

彼の分かりやすい挑発に乗ってみせた。

結果的に、それが乃々歌ちゃんに協力することになっても――とはもちろん口にしない。私は悠然と微笑んで、呆気にとられる陸さんを残してその場から立ち去る。

このときの私は、その言葉の責任を果たせないなど、夢にも思っていなかった。

4

雪城財閥の支配下にある、国内有数のホテル。その大ホールを貸し切ったパーティー会場には、多くの財閥の関係者達が集まっている。

その中には、桜坂の娘である私も参加していた。

桜坂家の娘といっても養女でしかない。にもかかわらず、私は養女となってわずかな期間でパーティーに参加している。

その上――

「先日、私達の娘になった澪だ。よろしくしてやってくれ」

「澪は紫月にとても気に入られているのよ。もちろん、わたくし達も気に入っているわ」

お父様とお母様がべた褒めするものだから、ものすごく目立っている。おかげでしばらくは引っ切りなしに挨拶に来る人達の対応に追われることになった。

ちなみに、参加者の名前と家柄はおおよそ頭に叩き込んである。顔は写真でしか見ていないから完全一致はしていないけど、それでもなんとか乗り切ることが出来た。

そうして挨拶するべき人の列が途切れたところで、お母様が私へと視線を向けた。

「お疲れ様、澪ちゃん。立派に務めを果たしていたわよ」

「ありがとうございます、お母様」

「ふふ。初めてのことで疲れたでしょう？　わたくし達は友人と話してくるから、貴女も学園の友人と話すなり、楽にしているといいわ」

「……では、お言葉に甘えて、壁の花になろうと思います」

茶目っ気たっぷりに笑う。

「まあ、ずいぶんと豪華な花ね。ホテルの装飾が負けてしまうんじゃないかしら？」

お母様が私の姿を確認して笑う。いまの私は、最高級のシルクで仕立て上げたAラインのドレスを身に纏っている。深紅に染め上げたシルクで、肩の部分は剝き出しになっている。

胸元は年相応に大人しい作りだけれど、全体的には情熱的なデザインと言えるだろう。

……もっとも、ホテルの装飾が負けてしまうというのは少々大げさだ。ホテルの調度品も最高品質のものばかりだし、参列客が身に着ける服も私に負けず劣らずの高級品ばかりだから。

それでも、お母様に言われれば悪い気はしない。私は機嫌良く窓際へと移動した。強化ガラスの大きな窓で、そこから遥か下に都会の夜景が広がっている。

……こんな景色、一生見ることはないと思っていたのに、ね。

妹のためにバイトをする日々。それを不幸だなんて思ったことはない。けれど、その生活を続けている限り、こんな景色を眺めることにはならないはずだった。

なのに私はいま、雫を助けるための仕事の一環で夜景を眺めている。

こんなことになるなんて、数ヶ月前の私に教えても信じなかっただろう。

本当に、紫月お姉様には感謝しかない。

雫を助けるためには当然として、その機会をくださった紫月お姉様に報いるためにも、私はこの悪役令嬢のお仕事を必ずやりとげてみせる。

胸に添えた手をぎゅっと握り、密かな誓いを立てる。そうしてクルリと身を翻すと、そこに和服に身を包んだ黒髪ロングの少女がいた。

これぞ大和撫子といった装いの彼女には見覚えがある。

秋月舞《まい》。

序列四位、秋月財閥の本家のお嬢様だ。

「貴女は……見ない顔ですわね」

「初めまして、秋月家のご令嬢。わたくしは桜坂澪と申します」

桜坂家の令嬢という仮面に笑みを湛《たた》えて丁寧にお辞儀する。

財界におけるプロトコール・マナーは、初対面で声を掛けるのは目上から。とはいえ、それはよけいなトラブルを避けるための礼儀でしかない。

私が素早く名乗りを上げたのは、そのよけいなトラブルを避けるためである。

だけど——

「あぁ……貴女が、あの……」

桜坂家の養女の――とは口に出さなかったけれど、侮る様子が見て取れる。

そういえば、六花さんが秋月家について言及してたわね。

序列は第四位。だけど、三位までとの差が大きく、四大財閥とはあまり数えられない。

彼らはそのことに対して不満を抱いている……と。そう考えれば、桜坂家の養女である私に対する敵愾心も理解は出来る。そう思っていたのだけれど、彼女は突然笑顔になった。

「初めまして、澪。わたくしは秋月 舞ですわ」

いきなりの呼び捨てで距離感が近い。でも、なんだろう？　距離感が近いのは乃々歌ちゃんも同じだけど、こっちはあまり友好的な感じがしない。

乃々歌ちゃんが特別なのか、秋月さんの言葉に含みがあるのか……その答えはすぐに分かった。彼女が私を上から下まで不躾《ぶしつけ》に眺めた後、名案とばかりに口にしたセリフのせいだ。

「……養女と聞いていたけれど、立ち居振る舞いはしっかりしているのね。そういえば、もともと桜坂家の血を引いているのでしたか……なるほど」

なにがなるほどなのか、嫌な予感しかしない。

そして、そんな私の予感は物の見事に的中した。

「貴女、お兄様の婚約者の候補に入れてあげるわ」

目眩《めまい》がした。

唐突すぎて不躾だし、言葉が上から目線すぎて失礼だ。もはや喧嘩を売られていると考えたほうがしっくりとくる言葉――だけど、彼女の顔に悪びれる様子はない。

たぶん、本気で善意のつもりなんだ。

……この子のほうが、悪役令嬢に向いてるんじゃないかな？

いやまあ、分かってる。

私が演じる悪役令嬢は特殊な立ち位置だ。紫月お姉様にも、罪悪感がない悪人は必要ないし、罪悪感に押し潰されるだけの善人も必要ないと、そう言われた。

そういう意味で、彼女は適任ではないのだろう。でも、悪役令嬢の立ち居振る舞いにおける、モデルとしては優秀な気がする。

そんなことを考えていると、彼女の顔が不機嫌そうに歪んだ。

「ちょっと、わたくしが提案しているのだから、なにかおっしゃったらどうなの？」

「失礼いたしました。秋月さんの申し出が、あまりに唐突だったもので。なぜそのような話になるのか、理由をお聞かせいただけるでしょうか？」

遠回しに、いきなりすぎるのよと非難してみるけれど――

「あら、この程度も分からないの？」

返ってきたのはそんな言葉だった。

なんだろう、この話が噛み合ってない感は。最近、察しのいい人達とばかり接してた私の感覚が狂ってるだけで、秋月さんくらいの反応が普通なのかな?

私は応えず、笑みを深めて続きを促した。

「……っ。いいわ、教えてあげる。貴女がお兄様の婚約者になれば、秋月家と桜坂家がグッと近付くことになるでしょう? そうすれば、序列二位を抜くことも夢じゃないでしょ?」

「つまり、政略結婚を足掛かりに、業務提携とか、経営統合とか、そういうふうに話を持っていき、両家が合併することで、序列二位に食い込む計画だ、と?」

「最初からそう言っているではありませんか」

彼女は当然だとばかりに顎を逸らすけれど、絶対そんな話はしていなかった。

というか、計画が穴だらけすぎて突っ込めない。

「申し訳ありませんが、その申し出はお受けしかねます」

「断るって言うの? 分家の、それも養女でしかない貴女が、秋月家を敵に回すつもり?」

穴だらけの発言を堂々と口にして相手に圧力を掛ける。

沙也香さんや明日香さんと比べても隙だらけ。これくらい破綻した理論で詰め寄れば、乃々歌ちゃんも、ちょっとは私のことを嫌ってくれるのかな?

っと、考えているあいだに、彼女の不機嫌さが増している。

早めに話を切り上げよう。

「わたくしはただ、自分の立場では受けられないと申しただけですわ。それに、貴女がおっしゃるように、わたくしは分家の、それも養女でしかありません。そんなわたくしと、貴女のお兄様が婚約したところで、両家が手を組むことになりますか？」

なるはずがない。提携ありきで、その印としての両家間での結婚というなら分かる。だけど、結婚を足掛かりに、という計画はあまりに杜撰《ずさん》だ。

その点を指摘すれば、彼女の顔が真っ赤になった。

あぁ……失敗した。彼女は本当になにも考えていなかったみたいだ。ここ最近、化かし合いみたいなことばかりしていたから、ついつい裏があると思って追及してしまった。

相手の面目を潰すような真似をしてしまったら、相手も引けなくなってしまうわよね。どうしよう？　非礼を詫びたほうがいいかしら？

「舞、一体なにを騒いでいるんだ？」

突然、話に割って入る男性の声。視線を向ければ、三つ四つ年上の少し落ち着いた様子の殿方が歩み寄ってくるところだった。

……たしか、秋月さんのお兄さん。名前は……秋月 海翔《かいと》だったわね。彼が私に視線を向けるけれど、私は軽く会釈するに留める。

彼は小さく会釈を返し、それから舞の頭にぽこりと拳を当てた。

「お兄様、なにをするんですか？」

「問いただしているのは俺のほうだよ、舞。俺との婚約がどうのと聞こえてきたが……」

「そ、それは……な、なんでもありませんわ。ただの世間話です！」

舞はぷいっとそっぽを向く。ただ、その顔は怒っているというよりも、甘えているような感じだ。おそらく兄妹の仲は悪くないのだろう。兄はそんな妹を見て小さく溜め息を吐くと、それからたたずまいを正して私に視線を向けた。

「初めまして、桜坂家の澪さんだね。俺は秋月海翔。そこで拗《す》ねている舞の兄だ。妹がなにか失礼なことを言ったようで申し訳ない」

「いいえ、彼女が口にした通り、ただの世間話ですわ」

世間話だから追及するつもりはないと迂遠《うえん》に答える。それに対して、秋月さん――いや、妹も秋月さんだからややこしいわね。海翔さんはわずかに目を細めた。

「なるほど、不思議と場慣れしている。ただの養女ではないようだね。キミを養女に迎えるように提案したのは、紫月さんという話だけれど、それは本当か？」

「ええ、事実ですわ」

「そうか……また彼女はなにか企んでいるのかな」

その疑問に対し、私はポーカーフェイスで応じた。

実際、知らないだけなんだけどね。

そうして、私の表情からなにも読み取れなかった彼は、小さく笑った。

「彼女がなにを企んでいても関係ない。我ら秋月家は四大財閥の一柱。いまは四位でしかなくとも、いつまでも後塵を拝しているとは思わないことだ」

「……ご忠告に感謝いたします」

そうして静かに微笑みあって、どちらともなくその場を後にした。

5

悪役令嬢は努力をするだろうか？　私のイメージでは、あまりしそうにない。というか、努力した人が報われずに破滅する物語はそう多くないと思う。

でも、私は雇われの悪役令嬢だ。みっともなく破滅するために、そして時期が来るまでは原作ストーリーから外れないように調整するため、日々努力を続ける必要がある。

という訳で、ある日の休日。

私は沙也香さんと明日香さんを自宅に招いた。

シャノンからまもなく二人が到着するという知らせを聞いた私は、そのタイミングに合わせてエントランスホールへと足を運ぶ。そこには、どこかソワソワとした二人の姿があった。

「いらっしゃい、二人とも」

私の声に、二人は「澪さん」と笑顔を浮かべた。今日の二人は揃って清楚なデザインのワンピースを身に纏っている。二人で方向性を合わせているのだろう。こうして並んでいるのを見ると、二人とも愛らしい容姿をしているのがよく分かる。

お嬢様系のファッションとはいえ、普段着を身に纏っている私よりも輝いて見える。

原作ストーリーでは悪役令嬢の取り巻きでしかない二人だけれど、現実における二人はそれぞれの物語を紡ぐ主人公だ。二人が過ちを犯したのは事実だけど、取り返しのつかない罪を犯した訳じゃない。あのまま破滅させなくてよかった……と、私は心の中で独りごちた。

「さあ、そんなところに立ってないでこっちにいらっしゃい」

私は悪役令嬢よろしく髪を手の甲で払って、ついてきなさいと踵を返した。そうして案内するのは、屋敷にある応接間の一つ。私が友達を招くときに使っていいと言われているその部屋は、一面が大きな窓ガラスになっていて、その向こうには中庭の景色が広がっている。

その窓辺、テーブルを囲んで席に座る。メイドが用意してくれた紅茶とケーキを片手に、私は二人へと視線を向けた。

「今日二人を呼んだのは他でもないわ。騎馬戦の練習をするわよ。……あぁ心配しないで。二人が着るトレーニングウェアはちゃんと用意してあるから」

紅茶を片手に宣言すれば、二人は「え？」と零した。

まあ、そうなるわよね。用件は伝えていなかったし、乃々歌に協力する義理はない——とか言ってたし、私が騎馬戦の練習をするなんて夢にも思うはずがない。

そう思っていたから——

「ええっと、体操服なら用意してありますよ」

「もちろん、ジャージも」

二人が揃って口にする。

その言葉に、私のほうが「え？」となった。

「どうして？　練習をするなんて言ってなかったはずよ？」

「聞いてはいませんでしたが、そういうことだと思っていました」

明日香さんがそう言って、沙也香さんがこくこくと頷く。

……おかしいなぁ。乃々歌ちゃんや六花さんはともかく、この二人にはわりと酷いことをした。もちろん、多少の手心は加えたけど……本性はばれていないはずなのに。

そんなふうに困惑していると、沙也香さんが「あっ」と胸の前で両手の指を合わせた。

「もちろん、乃々歌さんのためじゃないことは分かっていますよ。桜坂家の娘としては、たとえ騎馬戦であっても、見苦しい真似は見せられない、ということですよね？」

「……え、ええ、そうよ。よく分かったわね」

私が用意しておいた言い訳を当てられて少し驚いた。けど、乃々歌ちゃんのためだとバレている訳ではなさそうだ。この調子なら安心――出来る訳ないよ⁉

いや、普通に考えれば、私が善人だとバレているはずはない。

たしかに、二人に絡まれている乃々歌ちゃんを救ったことはある。だけど、その後は衆人環視の中で突き放したし、体育の授業では乃々歌ちゃんに暴言を投げかけた。

この二人にだって、奸計《かんけい》を巡らせて立場を貶めたばかりだ。

もしそんな行動をとっている子がいたら、私は絶対に悪女だと思う。だから、私のこれが悪役の演技たとバレるはずはない。

バレるはずはないんだけど……なんだろう、この、バレている感は。

……うぅ。私のことをどう思っているか気になるけど「え、本当はいい人ですよね？」とか言われたら立ち直れる気がしない。ひとまず、本性は知られていない体ですごそう。

大丈夫。いまの私は悪役令嬢――ではなく、ただのモブだ。

少なくとも、体育祭が終わるまでは。

という訳で、現実からはひとまず目を逸らして、しばしのティータイムを楽しんだ。それから一息吐いて、場所を移して体操着に着替える。

その上からジャージを着て、三人で中庭へと足を運んだ。

「そういえば、六花さんはお呼びにならなかったのですね」

「三人で練習するのですか？」

沙也香さん、続けて明日香さんに問われる。

私は悪役令嬢らしく笑ってみせた。

「ええ、練習のときは、臨時の方に来ていただく予定ですわ。雪城家の娘に泥臭い姿は見せられませんから。だからこの特訓は――三人だけの内緒ですわよ？」

ちょっぴり特別感を出して、二人が私の努力を他人に話さないように誘導する。その甲斐あってか、二人は「かしこまりましたわ」と握りこぶしを作った。

これで、実は私が陰で練習していた――なんて噂が広がる心配はない。

でも……練習相手、どうするつもりなんだろう？　シャノンにお願いしたら「私が桜坂家の使用人なのは秘密なので、上手く対応します」と言われたから、任せたままなのよね。

まさか、紫月お姉様を連れてくるはずはないし……他に、年頃の子なんて居たかしら？

「お待たせいたしました」

聞き覚えのある、だけど記憶にあるより低音の心地いい声が背後より響く。誰だっけ――と振り返った私は咳き込みそうになった。

そこに立っていたのが、トレーニングウェアを身に着けた金髪の美青年。

――の振りをした、シャノンだったから。

「な、なにをやっているのよ？」

シャノンに駆けよって耳打ちをすると、シャノンもそれに応じる。

「言ったでしょう。私が桜坂家の使用人だとバレる訳にはいかないと」

「それは分かってるわよ。だから、その貴女がどうして男装なんてしているのよ?」

「大丈夫ですよ、バレない自信はあります」

断言をして胸を張るシャノン。本来は豊かな胸も、どうやってかぺったんこにしてある。

さすがに大丈夫だと胸を張るだけのことはあるけれど、そういう問題ではない。

「貴女、お嬢様である彼女達が、男性と一緒に騎馬戦をすると思う?」

「その点ならご心配ありません」

「心配ないってどういう……って、ちょっと?」

引き止めようとする私の制止を振り切って、シャノンは二人の前へと歩み寄った。

「初めまして、僕は澪お嬢様の執事を務めるシオンと申します」

「こ、これはご丁寧に。私は――」

「明日香様ですね、存じております。そしてそちらが沙也香様ですね」

「私達をご存じなのですか?」

沙也香さんがこてりと首を傾げた。

「ええ。明日香様は天真爛漫な美しさを纏うご令嬢で、沙也香様は深窓の令嬢のような美しさを持つご令嬢でしょう? 澪様からうかがった通りでしたので、すぐに分かりましたよ」

「ま、まぁ、深窓の令嬢だなんて、そんな……」

シャノンの言葉に沙也香さんが真っ赤になった。その横では明日香さんも恥ずかしそうに身をよじっている。……というか、私は一体なにを見せられているんだろう？

私が困惑しているあいだにも、シャノンは美青年な執事の体で話を進める。

「ところで、本日は僕が皆さんと共に騎馬戦の練習を務めさせていただく予定なのですが、お嬢様方は受け入れてくださいますか？」

「え、それは……」

「さすがに……」

蝶よ花よと育てられた二人には、異性と一緒に騎馬戦の練習をするのはハードルが高い。二人が顔を見合わせつつも、難色を示すのは当然の反応だった。

だけど――

「僕では、お力になれないでしょうか？」

シャノンが斜め下を向いた。

その物憂げな横顔に、二人は声を揃えて「そんなことはありませんわ！」と。

……二人とも？

呆気にとられる私の目の前で、二人がぜひ練習を手伝ってくださいとか、シャノンに言い始めた。なんか、アイドルを追っかけるファンみたいになっている。

……なんだろう。

やはり庶民育ちの私と違って、異性に慣れていないのだろう。本当の悪い男に誑かされるまえに、シャノンで耐性を付けられてよかったと思うべきだろうか？

いままさに、男装した女性に誑かされているのが心配なのだけど……まあ、いいか。初恋は、ほろ苦いものだって言うものね、知らないけど。

「それじゃ、さっそく練習をしましょうか」

私がそう言うと、シャノンがパチンと指を鳴らした。

すると、中庭の向こうから地響きの音が聞こえてくる。一つ一つは小さな音だけれど、それがいくつも合わさって地響きとして届く。

「な、なにごとですの？」

焦る二人に対して、シャノンが「心配いりません。練習相手を呼んだだけですから」と微笑んだ。そしてほどなく、私達の前に騎馬を組んだ女性達が現れる。

「彼女達は運動が得意な大学生達です。私達の練習のために招きました。騎馬戦の練習をするには、やはり敵と味方が必要ですからね」

シャノンが当然のように説明して——

「え、ここまで本格的にするのですか？」

明日香さんと沙也香さんが目を丸くする。

「ええ、もちろん。桜坂家の娘に敗北の二文字はあり得ないもの」

私は当然のように応じたけれど、内心では私もびっくりだよ。というか、騎馬戦の練習で、騎馬戦を実際に再現するなんて思わないじゃない。

まぁでも……今更かしら？

いままでのあれこれだって、ものすごいコストを掛けてきた。騎馬戦の練習をするなら、実戦練習ができるだけの人数を揃えるのは当然、なのかもしれない。

私はいつものように髪を掻き上げて気持ちを切り替える。

――さぁ、騎馬戦の練習を始めましょう。なんてね。

こうして、私達は騎馬戦の練習を始める。

私は練習で完璧にこなしてみせるための練習をしていたので、最初から動けたけれど、馬である明日香さんと沙也香さんは慣れない役目にあたふたしていた。

それでも、練習を繰り返すうちに練習相手に善戦できるようになっていく。というか、シャノンの的確なアドバイスを聞いて、二人がものすごい勢いで成長していく。明日香さんも沙也香さんもお嬢様育ちだから持久力はないのだけれど、運動神経は悪くないようだ。

悪役令嬢の取り巻きもスペックは高い、ということなのかしらね。

というか、二人の目が恋する乙女みたいになっている気がするのは……たぶん気のせい

だと思いたい。というか気のせいにしておこう。

そんなことを考えながら、日が暮れるまで稽古を続けた。

……ところで、女子大生が練習相手としてたくさんいるのだから、別に男装したシャノンが練習に加わる必要はなかったはずよね？

もしかして、男装したかっただけ……なんてことはないわよね？

6

蒼生学園では優雅なお嬢様として過ごしつつ、休日は家の敷地で騎馬戦の練習をする。

そんな日々が数週間ほど続き、しっとりとした空気に包まれた初夏がやってきた。

学園での私は相変わらず体育祭に無関心の振りで、だから六花さんとは騎馬戦の練習をしていない。それでも、六花さんの運動神経は申し分ないので心配はしていない。

体育祭の練習日があるので、そのときに合わせれば大丈夫だと思っている。

ちなみに、私のスマフォには桜坂家の専用アプリが入っている。私が悪役令嬢として過ごすための情報が詰まっていて、その中には生徒のスペックや性格なんかも書き込まれている。

これは、桜坂グループの諜報部が集めた、信憑性の高い分析結果も含まれる。

それによると、他のクラスにはスポーツ特待生や、運動が得意な一般生も多いようだ。けど、原作の主役級が揃っているうちのクラスも負けていない。クラス対抗戦の結果は、騎馬戦の結果に左右されることになるだろう、と。

つまり、騎馬戦で私が結果を出せば今回のミッションは問題なく達成される。前回は不測の事態ばかりで大変だったけど、今回のミッションは簡単すぎるくらいだ。

とまあ、万全の準備を終えて迎えたのは体育祭の当日。

琉煌さんによる宣誓がおこなわれ、戦いの火蓋が切って落とされる。私達は体操着の上にジャージを羽織り、クラスメイト達の戦いを見守った。

もう何回も言っていることだけど、今日の私はモブだ。早々に短距離走で勝利を収めた私は、体育祭のラストを飾る騎馬戦まではやることがない。扇を片手に、クラスメイト達の活躍を観戦する。そうして競技を眺めていると、不意に沙也香さんが駆け寄ってきた。

「沙也香さん、そんなに慌ててどうかした?」

「それが……その」

どうやら、クラスメイトが集まる応援席では話せない内容らしい。それを察した私は「そういえば、少し喉が渇いたわね」と切り出した。

「え、あ、なにか買ってきましょうか?」

「いいえ、せっかくだから自分で選ぶことにするわ」

「あ、じゃあ、お供いたします」

私の意図を察した沙也香さんがついてくる。そうして応援席から離れ、移動した人気《ひとけ》がない廊下の陰。なにがあったのかと沙也香さんに問い掛けた。

「その……実は、明日香さんから連絡がありまして、今日の騎馬戦は出席できないから、代役を立てて欲しい、と」

「そういえば、今日は見ていないわね」

体調でも崩したのかしら？　と暢気《のんき》に考えていたのだけれど、沙也香さんのどこか思い詰めた表情を見て、そうではないと気が付いて意識を切り替える。

「沙也香さん、一体なにがあったの？」

「それは……その、申し訳ありません」

沙也香さんは俯いて黙りこくる。このままでは埒《らち》があかない。そう思った私は髪を掻き上げるいつものルーティーンで、気持ちを悪役令嬢モードへと切り替える。

「沙也香さん、わたくしは理由を話せと言ったのよ」

「それは、澪さんのご迷惑になるから、決して伝えないで欲しいと、明日香さんが」

「……沙也香さん、迷惑かどうかはわたくしが決めるわ。貴女が説明しないのなら、わたくしは自分で調べることになるのだけれど、貴女、わたくしの手を煩わせたいのかしら？」

軽く脅しを掛ける。

先日、彼女達を破滅に追い込んだときと同じ立ち居振る舞い。沙也香さんは怯えると思ったのだけれど、私の予想に反して彼女は微笑んだ。

「いいえ、澪さんならそう言ってくださると信じていました」

その言葉の意味を考えたのは一瞬。すぐに彼女の意図に気付く。友人として、明日香さんに口止めされたけれど、彼女自身はそのことを私に伝えたいと思っているのだ。

なら、どうすればいいかは考えるまでもない。

「沙也香、なにがあったのか洗いざらい白状なさい」

呼び捨てで高圧的に命じれば、彼女は「そこまで言われれば仕方ありません」と、ぜんぜん仕方なくなさそうな顔で頷いた。

「実は、明日香さんはお見合いに行っています」

「……お見合い？　明日香さんが？」

おかしい。彼女達は悪役令嬢の取り巻きだ。

原作ストーリーの通りなら、体育祭の騎馬戦に参加することになる。なのに、その当日にお見合いをするはずがない。これは間違いなく、私達が原作ストーリーに介入した影響だ。

いや、問題はそれよりも――

「そのお見合い、明日香さんが望んで受けたものなのかしら？」

「お祭しの通り、親に強制されたものです。正確には、秋月家からの圧力が掛かって、急に決まった話だと聞いています。明日香さんの実家の会社は、その、経営が苦しいそうなので」

「政略結婚、ということね」

財閥が解体されていないこの日本において、政略結婚は決して珍しい話ではない。もちろん、それは財閥関係者達の話であって、庶民には縁のない話なのだけど。

だけど、明日香さんは庶民ではない。

原作の彼女も、いつかは政略結婚をすることになるのかもしれない。

けれど――

「秋月家と言ったわね？」

「はい、そう聞いています」

「……そう」

先日のパーティーで私が接触した兄妹のいる家。私に対する嫌がらせはさすがにないだろうけど、私と出会ったことで、彼女達が行動を変えた可能性は否定できない。

ゆえに、今回の原因は私である可能性が高い。そしてそれはつまり、私の行動のせいで、明日香さんが望まぬ結婚をすることになったのかもしれない、ということだ。

「……沙也香さん、わたくしは少し席を外すことにするわ」

なぜとは口にしない。けれど、沙也香さんには伝わったのだろう。彼女は思い詰めた表情にわずかな期待を浮かべ、よろしくお願いしますと頭を下げた。

それを見届け、私はすぐに踵を返す。

更衣室でスマフォをロッカーの鞄から取り出して、電話帳に登録されているお姉様の名前をタップした。数回のコール音の後、そのコール音が途絶えた。

「――紫月お姉様にお願いがあります」

単刀直入に切り出す。いきなりのことだったはずなのに、紫月お姉様は一切の迷いもなく「言ってみなさい」と答えてくれる。

「実は――」

私は明日香さんが政略結婚のお見合いに行ったという事実を伝え、その切っ掛けとなったのが、自分の行動である可能性が高いことを打ち明けた。

「……なるほど。たしかにイレギュラーな事態ね。それで、わたくしにどうして欲しいの？」

「政略結婚を阻止していただけませんか？」

私のお願いに、けれど紫月お姉様は沈黙する。

「紫月お姉様？」

「……澪、貴女が止めなさい」

告げられたのはそんな言葉だった。

「待ってください、私が止めるって、どういうことですか？」

「わたくしがいま日本にいないからよ」

「それは、知っていますが……」

紫月お姉様は海外留学の準備期間を利用して、忙《せわ》しなく各国を飛び回っている。

「よく聞きなさい。お見合いを阻止するなら、相応の人物が出向く必要があるの。でも、こんなことでお父様やお母様に出向いてもらう訳にはいかない。だから――」

「私、ということですか？　でも、婚約を阻止するのが目的なので、今日でなくとも……」

「澪」

私のセリフは紫月お姉様に遮られた。

「わたくしは婚約を阻止するではなく、お見合いを阻止すると言ったのよ」

「え？　あ、あぁ……たしかに。でも、お見合い自体は別に止めなくても」

「いいと思っているのなら、こんなに慌てて電話をする必要はない。貴女もお見合い自体を阻止する必要があると思ったから、急いで連絡をしてきたのでしょう？」

「……それは」

その通りだった。

普通のお見合いなら、会ってから断ることも珍しくない。だけどこれは政略を前提としたお見合い――つまりは結婚ありきの顔合わせだ。政治的な理由で結婚するために会った後、立場の弱い東路家サイドが、政治的ではない理由で結婚を拒絶する。

それがどれだけ角が立つ行為かは想像に難くない。

「……お見合い自体を阻止しなければいけないのは分かりました。でも、私は……」

「そうね。貴女には、騎馬戦に出場して味方を勝利に導くという役目があるわ。でも、そこからお見合い会場までは片道二時間弱よ。お見合いは午後からだから急げば問題もないわ」

「……なるほど」

騎馬戦も競技のラストなので、急げば騎馬戦が始まる前に戻ってこられるだろう。

「――分かりました。いまから向かうので、手段はスマフォのアプリに送ってください」

「ええ、車の手配もしておいてあげる」

「ありがとうございます」

私はそう言って通話を切ろうとする。

その寸前、私の耳に紫月お姉様の声が届いた。

「澪、やるからには確実に阻止なさい」

「――はい、もちろんです」

通話を切った私は着替える時間を惜しんで廊下へと飛び出した。

モブのように体育祭を淡々とこなす時間はもう終わり。これからは、自分達に下剋上を

仕掛けようとしている者達の政略結婚を阻止する時間だ。

さぁ、悪役令嬢のお仕事を始めましょう。

エピソード3

1

リムジンに乗り込んだ私は体操着を脱ぎ捨て、用意してあったドレスを身に着ける。そうして手早く身だしなみを整え、スマフォのアプリを起動した。

桜坂財閥の技術部が開発した悪役令嬢専用のアプリ。

私が悪役令嬢の役目を果たし、破滅へと至るための情報が詰め込まれている。そのアプリに追加されたのは、明日香さんのお見合いを阻止しろというミッションだ。

「ありがとうございます、紫月お姉様」

きっと、乃々歌ちゃんをヒロインらしく育て上げてハッピーエンドを迎えるだけなら、明日香さんのお見合いを阻止しないという選択もできたはずだ。

それなのに、このミッションを追加してくれた。紫月お姉様に感謝しながら、ミッションの概要を目にした私は思わずぽつりと呟いた。

「紫月お姉様、頭おかしいんじゃないの？」

騎馬戦が始まるまでに、お見合いを阻止して帰ってくる。話し合いに少しでも手間取れば、騎馬戦に間に合わないようなタイトなスケジュール。

どうやって間に合わせるのかと思ったけれど……

なるほど、納得の計画である。

私はその計画に必要な情報を頭に叩き込んでいく。そうして車に揺られること数時間、たどり着いたのはお見合い会場となっているホテルのロビー。

「まずは明日香さんのお母様に会うわ。ロビーで居場所を——いえ、必要なくなったわ」

同行しているメイドに指示を出す途中、私を見て目を見張る明日香さんを見つけた。すぐに悪役令嬢然とした表情を浮かべ、明日香さんの元へと歩み寄る。

「ご機嫌よう、明日香さん。今日は体育祭日和ですのに、ここでなにをなさっているの?」

「え、あ、その……」

私が何処まで知っているのか分からないから、どう答えるべきか迷っているのだろう。だから、私は彼女が迷う手間を省くことにした。

「沙也香さんからおおよそのことは聞きましたわ」

「……そう、ですか」

口止めしたのにという不満がその瞳に滲《にじ》んだ。それがすぐに、友人に思われていることを喜ぶような表情に変化する。続けて、その瞳に強い意志が滲んだ。

「まず、事前に連絡できなかったことを謝罪いたします。ですが、このお見合いは我が東路家のためにおこなうこと。だから、止めないでください」

自分を犠牲にしても、大切ななにかを護ろうとする強い意志を秘めた瞳。その眼差しを私はよく知っている。毎朝のように鏡で見る、妹を思う私の瞳と同じだから。

まさか、悪役令嬢の取り巻きでしかない彼女が、こんなにも強い意志を持っているなんてね。つくづく、ゲームと現実は違うんだって思い知らされる。

「ここに来るまで、家のために自分を犠牲にするなんて、馬鹿な真似は止めなさいと説得するつもりだったのだけど……止めたわ」

私が溜め息交じりに髪を掻き上げれば、明日香さんは儚げに微笑んだ。

「ご理解いただき、ありがとうございます」

「ええ。理解したわ。だから、明日香さん。家のために――お見合いを止めなさい」

「……はい？　それは、どういう……？」

明日香さんが困惑した様子で問い掛けてくる。それに答えようとしたそのとき「明日香、こんなところにいたんですね」と割って入る声があった。

明日香さんが「お母様」と呟いたことから、彼女の母親だと理解する。そんな彼女は私を一瞥《いちべつ》した後、明日香さんへと視線を戻した。

「明日香、本当にかまわないのですね？」

「ええ。東路に生まれた娘としての役目は理解しています。それに、その……このようなことになったのは、私が失態を起こしたせいでもありますから」

明日香さんはその言葉の途中で、気まずそうに私を見た。

え……？　待って。まさか、明日香さんが政略結婚をすることになったそもそもの原因って、私に楯突いて立場を失ったから？　だとしたら、私のせいでもあるんだね。

「ところで明日香、そちらのお嬢さんは？」

「あ、彼女は、その――」

明日香さんのセリフを手振りで遮って、私は一歩まえに出た。

「お初にお目に掛かります。わたくしは桜坂家の娘、桜坂 澪と申します」

「さ、桜坂家のご令嬢⁉って、澪さんと言えば、たしか……っ。明日香、これはどういうことですか？　貴女はたしか、彼女と衝突して、それで……」

「それは、その……」

明日香さんが視線で助け船を求めてくる。

私は小さく頷いて助け船を出すことにした。

「お母様のおっしゃる通り、彼女とわたくしは一度ぶつかりました。けれど、その後に和解いたしましたの。いまでは、明日香さんはわたくしの大切な友人の一人ですのよ？」

「そ、そうなのですか？」

お母様が娘に問い掛ける。

「えっと……はい。私から友人と言うとおこがましいですが、よくしてもらっています」

それを聞いた母親はハッとして視線を私へと戻した。

「名乗るのが遅くなったことをどうかお許しください。わたくしは明日香の母親で、東路菖蒲《あやめ》と申します」

「事情を知らなかったのなら驚くのも無理はありませんわ」

菖蒲さんがぴくりと頬を引き攣《つ》らせた。へりくだる彼女に対し、私は自分が上だと肯定した上で、貴女の無礼を許すと口にしたからだ。

桜坂家の養女でしかない私が、仮初めの力を振りかざすのは滑稽だと思う。でもこれは、明日香さんを助けるために必要なことだから、私は高圧的な態度を崩さない。

「いまどき、政略結婚とは。娘よりも家のほうが大事なのですか？」

笑顔で毒を吐いた。

これは試しだ。

もし、彼女が娘に犠牲を強いることを当たり前のように思っていれば、私は少々強引な方法を使うつもりだった。だけど、きっとそうはならないだろう。

ここに来たとき、彼女は真っ先に娘の意思を確認していたから。

そして、そんな私の予想を肯定するように、菖蒲さんはなにかに耐えるように沈黙した。娘を大切に思っている彼女は、私の質問に対して肯定することが出来ない。さりとて、家のためにその身を投げ出そうとしている娘の思いを否定することも出来ないのだろう。

思った通り、菖蒲さんは私のママに似ている。

私が雫のために養子になると言ったとき、ママはいまの彼女と同じように悲しげな顔をしていた。明日香さんと菖蒲さんの関係は、私とママの関係に似ている。

だから、私は沈黙する彼女のまえでスマフォを取り出し、ある番号をコールした。僅か一度のコールで、すぐに相手と繋がる。その電話に向かって、私は単刀直入に切り出す。

「わたくしは澪、桜坂家の娘よ。話は……聞いているわね？」

「あ、ああ。だか、あの提案は本当なのか？」

「ええ、もちろん。それで、提案を受けるの？　それとも断るの？」

「も、もちろん受けるに決まっている」

「そう。じゃあ電話を代わるわね」

私はそう言って、スマフォを菖蒲さんへと差し出した。

「……どういうこと？」

「出れば分かります」

そう言って彼女の手にスマフォを押し付けた。菖蒲さんはためらいつつもスマフォを受け取り、それを耳元へと添える。

「もしもし……え、あなた⁉　はい、そうですけど……えっ⁉」

電話の相手は東路家が経営する会社の社長。

　つまりは彼女の夫だ。

　電話の相手が夫だとは思わなかったのだろう。菖蒲さんが驚きの声を上げた。そうして驚いた様子のまま、電話越しで夫との会話を続ける。彼女の顔がますます驚きに満たされていくのを横目に、私は明日香さんの手を掴んだ。

「明日香さん、体操服は何処かしら？」

「体操服、ですか？」

　なんで体操服？　と言いたげな顔。

「もちろん、騎馬戦に参加してもらわなきゃいけないからに決まっているじゃない」

「いえ、ですから、私は……」

「お見合いなら中止になるわよ」

　私がさも当たり前のように告げれば、明日香さんはものすごく警戒するような顔になった。

「澪さん、一体なにをなさったんですか？」

「東路家の会社に巨額の融資を持ちかけたの。娘に政略結婚をさせないことを条件に、ね」

「……はい？」

　なにを言っているんですか？　みたいな顔をされるけど、私も同意見だ。どれくらいの規模か及びもつかないけれど、少なくとも数十万や数百万規模でないことは分かるもの。

一体、お見合いを止めるためにどれだけ使うつもりなのか、と。

でも逆を言えば、このお見合いにそれだけの価値があった、ということだろう。だからこそ、それを阻止するために、相応の価値を示す必要があった。

そして、紫月お姉様がその価値を示してくれたのは……私のため。正確には、私が悪役令嬢としての役割を果たすため。そう考えれば、プレッシャーは半端じゃなくなる。

なんて、今更よね。どのみち、失敗すれば妹の命を救えない。

だったら、その他のことなんてオマケみたいなものだ。

「――はい、分かりました。ではそのようにいたしますわ」

私が考え事をしているあいだに、菖蒲さんが通話を終えた。そうして私にスマフォを差し出してくる。それを受け取り、その様子から話は纏まったのだと判断する。

「問題は解決したようですね」

「はい、おかげさまで。夫が、貴女と紫月さんに、くれぐれもよろしく、と」

「ええ、お姉様にも伝えますわ」

これで、東路家の問題は解決した。後はお見合い相手に話を付けるだけだ。そう思って踵を返すと菖蒲さんに呼び止められた。

「澪さん、一つ聞いてもよろしいですか？」

「ええ、手短にお願いしますね」

「では……どうして、手を差し伸べてくださったのですか？　娘が、貴女にしたことは聞いています。それなのに……」

菖蒲さんの顔には、わずかな警戒心……というか、不安が滲んでいる。娘が喧嘩を売った相手に救われる。なにか裏があるのでは……と不安になるのは当然だ。

少し考えた私は、横で様子を見守っている明日香さんに視線を向けた。

「たしかに、彼女は過ちを犯しました。ですが、彼女はその過ちを認め、わたくしに心からの謝罪をしてくださいました。わたくしは、そんな彼女を気に入った。ただそれだけですわ」

「たったそれだけの理由で、数億もの融資を即決で決めたというのですか？」

「それがなにか？」

――と、私はなんでもないふうを装う。でも……そっか。数百万円程度ではないと思ったけど、数億円だったかぁ。さすが紫月お姉様、金銭感覚が半端ないわね。

内心では呆れながらも踵を返して立ち去った。

そうしてフロントに行くと、まるで私が来るのを知っていたかのように海翔さんが現れた。お見合い相手は秋月家の傍系の子息だって聞いてたけど……やっぱり海翔さんも来てたのね。

「キミがどうしてここにいる？　なにやら、東路家の母娘と話していたようだが？」

「お察しの通り、わたくしはこのお見合いを止めるために来ました。その上で、東路家の方々には快くご快諾いただきましたわ」

私が現れた理由を察していたのだろう。海翔さんはぴくりと眉を動かしたが、それ以上は目立った反応は見せなかった。代わりに、少しだけ声のトーンを落とした。

「キミは――いや、桜坂家は我らの台頭を脅威に思っているようだな」

そう告げた彼は、自らのプライドを満たそうとしているように見えた。

ここで、彼を笑い飛ばすことは簡単だ。事実として、紫月お姉様は秋月家をあまり気にしていない。もしここで秋月家と衝突しても、彼女は私を叱ったりはしないだろう。

だけど、紫月お姉様は私に言った。

原作乙女ゲームのハッピーエンドは、ヒロインが攻略対象達を纏め上げることで、財閥が力を合わせて金融恐慌を乗り越えることだ、と。

ゲームのフラグというのなら、攻略対象や、その実家の財閥と仲良くするだけでいいのだろう。でも、この世界はゲームを元にした世界であって、ゲームではない。

秋月家とも仲良くしておいて損はないはずだ。

だから――

「海翔さんは誤解なさっているようですわね」

「誤解、だと？」

脅威に思っているのが誤解。そう受け取った彼は少しだけ表情を険しくする。庶民の娘が、財閥の子息を敵に回す。それは想像以上の恐怖だ。

でも、いまの私は桜坂家の娘だ。

恐れる必要はないと胸を張り、それからいつものように髪を掻き上げた。

「明日香さんはわたくしのお友達なんです」

端的に告げる。私がそれ以上なにも言わないことに海翔さんは怪訝な顔をして、それからハッとするような素振りを見せた。

「まさか、政略結婚を止めたのは、それが理由だと言うのか？」

私はにっこりと微笑むことで応じる。

正しくは悪役令嬢の取り巻きである彼女の環境を変えられたくないから、なんだけどね。わざわざそんな内情をぶちまけるつもりはない。

「わたくし、貴方に聞いてみたいと思っていましたの。会社の立て直しを盾に、わたくしの友人に政略結婚を迫るなんて、桜坂家に対する攻撃なのかしら？　――と」

海翔さんは目を見張り、それから思案顔で口を開く。

「明日香さんの了承は得られていると聞いていたが？」

「それはある意味では事実です。明日香さんは家のためになるならと、自分を犠牲にする覚悟をしていたようですから」

了承していたこと自体は本当。

だけどそれは、決して喜んで頷いた訳ではないと補足する。

「……自分を犠牲にする覚悟、か。俺が聞いていた話と違うな。どうやら、行き違いがあったようだ。先方には、俺から事情を伝えておこう」

「そうですか。では——わたくし個人への貸し一つとしておいてください」

私が笑うと、海翔さんは意外そうな顔をした。

実際、意外だったのだろう。

秋月家の次期当主が関わっているお見合いが急遽中止になった。であれば、どのみち海翔さんはお見合い相手にフォローを入れる必要があるので、私がそれに感謝する必要はない。

にもかかわらず、私は借りだと口にした。

「どういうつもりだ？」

「わたくし個人に、秋月家と敵対する意思はない。そういうことです」

「それを俺が信じると？」

向けられた疑いの眼差しには肩をすくめることで応じる。

「別に信じずともかまいません。それに、多くを期待されても困ります。ご存じの通り、わたくしは桜坂家の養女でしかありませんから」

「そうか。まぁ……機会があれば返してもらうとしよう」

「ええ、そうしてください。それでは――ご機嫌よう」

踵を返し、明日香さんを連れて会場を後にした。

2

お見合いを阻止することには成功した。そうしてリムジンで学園へと向かう。その道中、明日香さんはずっと下を向いたままだった。

それを見かねた私は、同乗しているメイドに視線で合図を送った。

「澪お嬢様、なにか飲み物はいかがですか?」

「わたくしはミルクティーを。明日香さんはなにがいい?」

「え、あ、それじゃあ……オレンジジュースをお願いします」

彼女が答えると、メイドがかしこまりましたと素早く飲み物を準備する。そうしてテーブルの上に並べられるグラスを横目に、私は明日香さんへと視線を向けた。

彼女は落ち込んだ様子のまま、ちびちびとオレンジジュースを飲み始めた。いつもは元気いっぱいの彼女が、こんなふうに落ち込んでいるのを見るのは胸が痛い。元気になってくれるといいのだけどと見守っていると、グラスをテーブルに置いた彼女が私を見つめた。

「澪さん、遅くなりましたが、会社に融資をしてくださってありがとうございます」

彼女は融資に対して感謝を口にする。

でも、お見合いを阻止したことへの言及はしなかった。

「まだ、お見合いを止めたことに迷いがあるのね？」

「お見通しですか」

明日香さんは力なく笑う。

桜坂家が融資をすることで、明日香さんが政略結婚をする必要はなくなった。だけど、自分がなにも出来なかった——という無力感も理解できる。私だって、雫はもう大丈夫だから、貴女はなにもしなくていいよ。なんて言われても、きっと納得できないと思うから。

だから——と考えたのは、彼女に役割を与えることだ。

「明日香さん、実は貴女に提案があるの」

「提案、ですか？」

明日香さんは背筋をただした。

「桜坂家が融資をすることになったけれど、貴女の実家が経営する会社の業績が悪化した原因はなくなっていない。このままじゃダメなのは分かっているわね？」

「それは……はい」

明日香さんは神妙な顔で頷いた。

けれど、私が言ったことは真っ赤な嘘だ。いや、会社の業績が悪化しているのは事実だし、その原因が取り除かれていないのもまた事実だ。

だけど、紫月お姉様が回収のあてもなく融資をするはずがない。融資をする以上、東路家の会社が経営を立て直すように支援をすることは絶対だ。

だから私は、明日香さんの忠誠を、その支援継続の条件に結びつける。

「わたくしは、ある目的を持って、蒼生学園に通っているの」

「ある目的、ですか？」

「その目的についてはまだ教えられないわ。でも、貴女にはその手伝いをしてもらいたいの。それを呑んでくれるのなら、経営を立て直せるように協力してあげる」

「協力、ですか？」

「そう。桜坂家のノウハウを用いて、ね」

こんなことは言わずとも、明日香さんは私に協力してくれるだろう。それなのに、あえて交換条件にしたのは、政略結婚を辞退した明日香さんが、罪悪感を抱かずに済むようにするためである。

そして――

「分かりました。そういうことであれば、全力で澪さんに協力いたします」

「ええ、期待しているわ」

私の思惑通り、明日香さんの瞳に浮かんでいた罪悪感が消えた。いまこの瞬間、彼女は実家のために、悪役令嬢の取り巻きとなった。

こうして、明日香さんのアフターケアも終えて、後は学園に戻って騎馬戦に出場するだけとなったのだが、ここで予想外の事態が発生する。

学園へ向かう道の途中で事故が発生して、渋滞に巻き込まれてしまったのだ。

「申し訳ありません、澪お嬢様。このままでは間に合わないかもしれません」

インターフォン越しに運転手から連絡が入る。

「そう。……分かったわ。また変化があれば報告なさい」

私はインターフォンをオフにして、スマフォで沙也香さんの番号をコールする。

「澪さんですか、明日香さんはどうなりましたか？」

沙也香さんは着信に応じるなりそう言った。

よほど明日香さんのことを心配していたのだろう。

「明日香さんのお見合いは阻止したわ。実家の問題も解決したからもう大丈夫よ」

「そう、ですか……澪さん、ありがとうございます」

「どういたしまして。ただ、帰り道が渋滞してて、わたくしと明日香さんは騎馬戦に間に合わないかもしれないの。いま、そちらの状況はどうかしら？」

「いま、私達の紅組が若干押されています。ただ、残りの競技に出場する選手の事前記録を考えると、おそらく騎馬戦の結果次第になると思います」

びっくりした。

シャノンならともかく、沙也香さんからそんな詳細な報告をもらえると思っていなかったから。そして、そんな私の驚きが伝わったのだろう。沙也香さんが電話越しに微笑んだ。

「乃々歌さんの件で、澪さんが勝敗を気にすると思い、事前に調べておいたんです」

「乃々歌の件はどうでもいいわ。でも桜坂家の娘として、騎馬戦に穴を開ける訳にはいかないわね。なんとしても間に合わせるつもりだけど……」

保険を掛けておく必要はあるだろうと、素早く考えを纏める。

「沙也香さん、まずお見合いの件は秘密よ。もしも誰かにわたくし達の居場所を聞かれたら、わたくしが所用で明日香さんを連れ回していると答えなさい」

「どうして澪さんのせいにするんですか！」

私の意見に異を唱えたのは電話越しの沙也香さんではなく、隣にいる明日香さんだった。

私は小さく首を振り、明日香さんと沙也香さん、両方に聞こえるように答えを口にする。

「お見合いを事前に阻止したのは、相手のメンツを保つためよ。だから、今日、明日香さんがお見合いに向かったことは、わたくし達だけの秘密にする必要があるの」

もし、お見合いをした上で、明日香さんがお断りをしていたら角が立っていた。もっと言えば、秋月家のプライドを傷付ける結果になっていただろう。

でも、お見合いは阻止した。言い換えれば、お見合いは立ち消えになった。そもそも、お見合いのセッティングなんておこなわれていない。——という筋書きだ。

これなら、秋月家のプライドが損なわれることもない。

でも、そうするためには、今日の私達の行動を秘密にする必要がある。

「だから、わたくしの所用とするのよ、いいわね？」

「……分かりました」

電話越しに沙也香さんがしぶしぶと頷き、明日香さんはきゅっと拳を握り締めて沈黙する。

「いい子ね。それじゃ、急いで帰るから大人しく待ってなさい。あぁそれと、なんとかして騎馬戦までに戻るつもりだけど、もしものときの代役は探しておいて」

「分かりました、そっちはお任せください」

沙也香さんの返事を待って通話を切る。明日香さんがなにか言いたげな顔をしているけれど、私は無視して次なる相手である紫月お姉様に電話をかける。

「——紫月お姉様」

「状況は聞いているわ。騎馬戦に間に合わないかもしれないそうね？」

「……はい。申し訳ありません」

「渋滞は不測の事態だけど、間に合わない可能性は想定済みよ。間に合わせるに越したことはないけれど、無理なら気にする必要はないわ」

少し予想外。

なにがなんでも出場しろと言われると思っていた。出掛けた直後には、絶対やりとげろと言われたのに……あれは、お見合いを阻止することについて、だったのかな？

……そうかもしれない。少なくとも紫月お姉様は最初から、体育祭における悪役令嬢の役割はモブだと評していた。私が出場しなくても、クラスが優勝すれば問題はないのだろう。

だけど――

「紫月お姉様にお願いがあります」

「……まぁそうよね。貴女は乃々歌のため……というか、美優ちゃんのために、騎馬戦に出場して勝ちたいのでしょう？」

「はい」

「そうね。ヘリは……近くにヘリポートがないから却下ね。そうなると……バイクを向かわせるわ。学園に乗り入れる訳にはいかないけど、近くまで運んであげる」

「ありがとうございます！」

「すぐに手配するから準備して待ってなさい」

そう言われた私は通話を切って、明日香さんにバイクの迎えが来ることを話した。最初は驚いていた彼女も、騎馬戦に間に合わせるためだと言ったら納得してくれた。

そうして車内で待っていると、二台のバイクがリムジンの横に停まった。

一台目のタンデムシートに私が、そして二台目のタンデムシートには明日香さんが座る。運転手に摑まれば、バイクは渋滞とは無縁の道を走り出した。

そのままバイクで渋滞を抜け、学園の近くで別のリムジンへと乗り換える。その車内でジャージに着替えた私達は、無事に学園へと舞い戻った。

「明日香さん、急ぎますわよ！」

明日香さんの手を引いて、学園の敷地内を全速力で駆ける。だけど、校庭にたどり着いた私達の耳に届いたのは生徒達の歓声。ちょうど騎馬戦の決着がついたところだった。

――間に合わなかったと、悔しさに唇を噛む。

だけど重要なのは結果だ。

私が不参加なのは失態だけど、ちゃんと代役は用意してもらっている。ハイスペックな六花さんと、猛練習をした沙也香さん。この二人なら、代役とだって活躍してくれているはずだ。

だから――と、私は近くにいた女生徒の腕を摑んだ。

「騎馬戦の勝敗は!?　どのチームが優勝したの!?」

「え？　あ、えっと……騎馬戦は紅組が勝ったみたいですよ」

「……そう、ありがとう」

私達のチームの勝利だ。そう思って安堵の溜め息を吐いた。それとほぼ同時、彼女は信じられない言葉を付け足した。

「優勝したのは蒼組ですけど」

「……は？　どういうことよ？　騎馬戦は紅組が勝ったのでしょう？」

「はい。ただ、騎馬戦の二位は蒼組だったんです。だから、それまでの競技で開いた差が埋まらず、蒼組の逃げ切り優勝となったみたいです」

その一言でおおよその事情を理解した。

些細な違いが、想定外の変化を及ぼすこともある。たぶん、私や明日香さんの代役を立てるために選手を入れ替えたことで、二位と三位の順位が代わってしまったのだろう。

明らかな失態。

明日香さんを救いたいという私のわがままが、チームを優勝に導き、手術を控える女の子に勇気を与えるという、ヒロインのメインミッションを失敗させてしまった。

その事実を受け止めきれず、私は思わず後ずさった。

「あの、大丈夫ですか？」

「……ええ、大丈夫よ。教えてくれてありがとう」

他人の目があるという事実を思い出して虚勢を張った。私は女生徒に礼を言ってその場を離れる。明日香さんとともに観覧席へ戻ると、そこはお通夜のように静まり返っていた。

さすがにこの状況で「ただいま！」なんて言えるはずがない。そうして空気を読んで様子をうかがっていると、すすり泣く声が聞こえてきた。

「ごめん、乃々歌、私のせいだ！　私があのとき、ちゃんと蒼組のはちまきを奪っていたら、蒼組を三位に出来てた。そうしたら総合で蒼組を捲ることが出来たのに！」

乃々歌ちゃんに縋って悔し涙を流すのは、乃々歌ちゃんの友人の一人だ。

その言葉から、あと一歩で優勝を逃したことは理解できる。そして事実として、彼女があと一つはちまきを奪っていたら、紅組は優勝することが出来たのだろう。

だけど――

（貴女のせいじゃないよ。悪いのは、原作ストーリーを歪めた私だから）

私がもっと上手くやっていれば、この結末にはならなかった。紅組が優勝するのが本来の歴史。よけいなことをしてその展開を変えたのはほかならぬ私だ。

そう心の中で呟くけれど、その言葉を口にすることは出来ない。

私のせいで傷付いている女の子に謝ることも、慰めることも出来ない。そうしてやるせなさに唇を噛む。私の思いを口にしてくれたのは乃々歌ちゃんだった。

「水樹《みずき》ちゃんのせいじゃないよ」

その言葉に救われたのは私だった。

私が原因なのに、彼女はいまも自分を責めている。その事実を受け止めきれず、だからこそ自分の代わりに彼女を慰めている乃々歌ちゃんを見て安堵した。

（……弱い私）

私は罪悪感から逃げようとしたのだ。

そうして再び唇を噛む。そんな私にクラスメイトの一人が気付いた。

クラスメイト、乃々歌ちゃんの友人の一人である夏美《なつみ》さんが私に詰め寄ってくる。そして、夏美の行く先を見た人達も私の存在に気がつき始めた。

注目が集まる中、夏美さんが声を荒《あら》らげる。

「澪さん、どうして騎馬戦に出なかったのよ！」

とっさにいくつもの言い訳が脳裏をよぎった。

だけど、逃げちゃダメだ。

私は失態を犯した。ヒロインの重要なミッションを台無しにした。この上、悪役令嬢としての立場までむちゃくちゃにすることだけは避けなくちゃいけない。

そう覚悟を決めて、さも当然のように言い放つ。

「……代役は立ててたはずよ」

「それで済むと思ってるの⁉　貴女が急に欠席したから、代役を立てるのにみんな大変だったんだから！　もし、貴女がちゃんと出場していたら――」

勝てたかもしれないのに――と。

そう口にしてもいいんだよ。……違う、口にしてくれたほうがいいんだ。そうして罵られたほうが私の心は軽くなる。なのに、彼女はその言葉を呑み込んでしまった。

だけど、クラスメイト達には正しく伝わった。

そこかしこから、私にトゲのある視線が向けられる。

沙也香さんが「澪さんは――」と弁明しようとするけれど、私はそれを「止めなさい」と遮った。絶対に、明日香さんのお見合いの件は伏せなくちゃいけない。

私は悪役令嬢だから。

それに、今回の目標はチームの優勝じゃない。

チームが優勝することで、美優ちゃんが手術を受けるように仕向けることが目的だ。ならば、クラスが優勝しなくても、美優ちゃんが手術を受けられれば問題はない。

そう考えれば、これはピンチじゃなくてチャンスだ。

そう思った私は、いつものように髪を掻き上げた。

「わたくしが体育祭を欠席した程度、なんだと言うのですか？」

「なにって……知ってるでしょ！　体育祭で紅組が優勝したら、乃々歌の大切なお友達が、手術を受ける約束をしていたって！」

「ええ、知っていますわ。ですが、わたくしには関係ありませんよね？」

さも当然のように言い放つが、ズキリと胸が痛んだ。

もしも私が聴衆なら、貴女には人の心がないのかと罵っただろう。でも、だからこそ、こうした真の悪役令嬢の地位を取り戻すチャンスを逃してはならない。

歯を食いしばって胸を張る。

そんな私を前に、夏美さんは信じられないと目を見張った。

「なによ、それ。なんなのよ！　どうしてそんなに冷たいことが言えるのよ！」

「――待って、夏美ちゃん。きっと澪さんにも事情があるんだよ！」

……乃々歌ちゃん、この状況でも私を庇ってくれるんだね。さすがヒロイン、と言うべきなのかな。貴女とお友達になれたら、きっと幸せな日々が待っているんだろうね。

でもごめん、私は貴女より妹のほうが大切なの。

「乃々歌はどうしてそこまでして澪さんを庇うのよ！」

私が沈黙しているあいだに、乃々歌ちゃんと夏美さんの関係にまでヒビが入りそうだ。

そう感じ取った私は、すぐに悪役令嬢らしく振る舞う。

「この期《ご》に及んでわたくしを庇おうとするなんて、乃々歌は本当におめでたいわね。事情なんてない。わたくしが今回の一件で協力しなかったのは、しょせん他人事だったからよ」

それは事実だ。私にとって、貴女は大切な友人なんかじゃない。いいかげんに気付きなさいと突き放せば、乃々歌ちゃんの顔が驚きに染まった。

「嘘、ですよね？」

「わたくしがこのような嘘を吐くとでも？」

私が優しい女の子なら、こんなふうに乃々歌ちゃんを突き放すはずがない。私は妹のために、心優しいクラスメイトを傷付ける酷い奴だ。だから、もう私を庇う必要なんてないんだよ。私を怨んで、罵って、そして自分の抱いた悲しみを乗り越えなさい。

私はジャージをぎゅっと握り締めて、それから乃々歌ちゃんを見下ろした。

「その子のことがそんなにも大切だったのなら、他人任せになんかせず、自分の力でなんとかするべきだったわね」

「それ、は……」

乃々歌ちゃんが唇を噛んで俯いた。

次の瞬間、私と乃々歌ちゃんのあいだに夏美さんが割って入る。

「――酷い！　乃々歌がどんな気持ちでがんばっているか知らないくせに！　本当は優しいのかもなんて一度は思ってたけど、やっぱり貴女は最低よ！」

一般生が、財閥特待生の私を公然と非難した。そのことに周囲がざわつくけれど、誰一人として止めようとはしない。みんな、私に対して蔑むような視線を向けている。

私を蔑む空気は、財閥特待生にも及んでいる。

いまの私はまさしく悪役令嬢だ。

不測の事態を乗り越え、私はようやく本来のポジションに就くことが出来た。それは、雫を救うための大きな一歩と言えるだろう。

なのに、それなのに……どうして、こんなに胸が苦しいのかな？

3

体育祭を終え、屋敷に帰った私はすぐに次の手を打つことにした。

チームが敗北したのは計算外の出来事だったけれど、決して悪いことばかりではない。乃々歌ちゃんやクラスメイトから、ようやく悪役令嬢として認識してもらえたからだ。

私にとって、乃々歌ちゃんやクラスメイトに悪女と認識してもらうことと比べれば、美優ちゃんに手術を受ける勇気を与えるほうが難易度は低い。

という訳で、私は美優ちゃんの情報を取り寄せた。

そして――

「うわぁぁあぁぁあっぁあっ」

紫月お姉様とテレビ電話で会議中。

スマフォに届いた美優ちゃんの資料を目にした私は頭を抱えていた。美優ちゃんの姿が、どう見ても先日病院で会った美羽ちゃんだったからだ。

「……澪、今度はなにをやらかしたの？」

モニターの向こうから、紫月お姉様が問い掛けてくる。

「私がやらかしたことを前提で聞くのは止めてください」

「でも、なにかやらかしたんでしょう？」

「……ええ、まぁ、なんというか……先日、病院へ雫の荷物を取りに行ったんですが」

「分かった、そこで美優ちゃんと会ったんでしょう？　やっぱりやらかしてるじゃない。どうせ、そのまま仲良くなったりしたんでしょ？」

「いえ、まあ、そうなんですが……」

ずばり言い当てられて反論の余地がない。私が苦虫を噛みつぶしたような顔をしていると、モニターに映った紫月お姉様がクスクスと笑い始めた。

「ほんと、一級フラグ建築士よね」

「紫月お姉様、待ってください。私だってちゃんと考えて、名前を確認したんですよ？そしたら、美優じゃなくて、美羽だって言うから、安心したのに……」

発音が似ているけど、絶対に聞き間違いじゃない。ちゃんと確認だってしてした。理由は分からないけれど、彼女が意図的に偽名を名乗ったのだ。

「ふぅん？　まあ、警戒心が強い子なら、そういうこともあるかもしれないわね。と言っても、彼女は警戒心の強いタイプじゃなかったと思うんだけど……」

紫月お姉様はそう言うけれど、美優ちゃんが偽名を名乗ったのは事実だ。その理由は分からないけれど、私がやらかした訳ではないと主張したい。

「最近の乃々歌ちゃんはがんばっているみたいだから、彼女が入れ知恵したのかも――」

そこまで口にして、そういえばチャラ男くんに絡まれていた乃々歌ちゃんを見かねて、そんな入れ知恵をしたなと思い出した。

いや、でも、まさか、それが巡り巡って、美優ちゃんが私に偽名を名乗る原因になるなんてことは……ないない、さすがに、そんな偶然はないはずだ。

「澪？」

「いえ、なんでもありません。よくよく考えれば、私が美優ちゃんと知り合っているのは悪いことじゃありません。私が直接会って、彼女が手術を受けるように説得します」

「……そうね、それがいいと思うわ。それに――」

紫月お姉様は一呼吸あけて、美優ちゃんがたったいま手術を拒んだ――と教えてくれた。

どうやら、美優ちゃんが蒼生学園の体育祭を見に来ていたらしい。

それで、乃々歌ちゃんの説得を拒んだようだ。

「じゃあ、やはり私が説得します」

「それはいいのだけど……説得するあてはあるの？」

「それはいまから考えます」

あっけらかんと言い放つ私。モニターの向こうにいる紫月お姉様は一瞬だけ呆れた顔をして、これ見よがしに肩をすくめた。

「まあ、貴女ならなんとか出来るでしょう。だけど……澪、貴女、無理をしていない？」

「え？　無理なんて別にしていませんが……」

「その無自覚に無理をするところ、貴女の悪いクセよ」

小首を傾げると、モニター越しに指を突き付けられた。

「澪、悪役令嬢の立場を確立することを優先した判断は間違ってない。でも、目的のために正しいことをしたからといって、貴女の心が傷付かない訳ではないのよ？」

「そんなことは……」

「分かっているのなら、そうやって平然を装うのは止めなさい」

「でも、私は……」

乃々歌ちゃんに、クラスのみんなに蔑むような視線を向けられた。それが辛くないと言ったら嘘になる。でもそれは、他でもない私が、雫を助けるために望んだ結果だ。

「どんなに悲しくたって、受け入れなくちゃいけない現実だ。

「……澪、わたくしを責めていいのよ？」

「なにを、言っているんですか？」

「貴女に辛い選択をさせているのはわたくしよ。だから、貴女にはわたくしを責める権利がある。そんなふうに自分を責める必要なんてないの」

「……止めて、止めてください！」

私は思わず声を荒らげた。

「そう、それでいいの。そうやって、嫌な気持ちは全部わたくしにぶつけなさい」

「違います！　私はこれっぽっちも、紫月お姉様のせいだなんて思っていません。だからそうやって、私の罪悪感を肩代わりしようとするのは止めてください！」

私がもう一度叫べば、紫月お姉様は目をまん丸に見開いた。

「澪、なにを言っているの？　貴女が苦しんでいるのは、わたくしが……」

「紫月お姉様が道を示してくれたから、私は希望を抱けたんです！　だから、いまこうして苦しんでいるのは私が選択した結果で、紫月お姉様を恨むなんて絶対にありえません！」

一気に捲し立てて、それから一息吐いて紫月お姉様に向かって微笑みかける。

「先日、雫が私に言ったんです。自分はもうすぐ死んじゃうから、もうお姉ちゃんは無理をしなくていいよ……って」

「それは……」

言葉を失ったかのように、紫月お姉様が沈黙する。

「だけど、そんなあの子に、希望はあるって。病気を治せる可能性があるって言ってあげられた。妹はそれを信じて、生きたいと願ってくれた」

もしもあのとき、その希望がなければ、雫はきっと壊れていただろう。

もうすぐ死んじゃう私のために、無理をしなくていいよ。そんな言葉を口にして、泣きそうな顔で笑う。大切な妹のために私が出来たのはきっと、一緒に泣くことだけだ。

そうしたら、私も壊れていただろう。

でも、そうはならなかった。

「全部、紫月お姉様が、私に未来を示してくれたからです！」

「だけど……澪。わたくしは貴女に……」

「紫月お姉様、本音を言えば辛いです。乃々歌ちゃんに酷いことを言うのも、クラスメイトに蔑まれた視線を向けられるのも、平気だって言えば嘘になります。でも、だけど……っ」

私はスカートをきゅっと握り締めて、カメラのレンズをまっすぐに見つめた。

「これは私が望んだお仕事です。だから、私に手を差し伸べてくれた、希望を与えてくれた紫月お姉様に当たり散らすなんて絶対にあり得ません！」

辛いとき、誰かに当たり散らせば楽になるのかもしれない。だけど、それでも、恩人の紫月お姉様に当たることだけはあり得ない。

「……そう、ね。貴女はそういう子だった。ごめんなさい、余計なことを言ったわね」

「いえ。私こそ、生意気を言ってすみません」

「いいのよ。貴女の言っていることは間違ってない。だからわたくしもやり方を変えるわ。貴女が努力したご褒美をあげる」

「……ご褒美、ですか？」

私が小首を傾げると、紫月お姉様は楽しみにしておきなさいと悪戯っぽく笑った。


ちなみに、紫月お姉様から届いたご褒美は、私と雫、おそろいのお洋服だった。それをもらった私は、すぐに雫のお見舞いに行った。

という訳で、ノックをして病室に入ると、雫がファッション誌を眺めていた。

「最近、よくファッション誌を眺めてるわね。もしかして、ファッションに興味を抱く年頃になったのかしら？」

「いらっしゃい、お姉ちゃん。ファッションというか……モデルがお姉ちゃんだから？」

「あ、あぁ～」

桜坂家のお嬢様が実際に身に付けているコーディネートということで、販売促進に繋がっているらしい。そんな事情で、モデルのお仕事はわりと増えている。ただ、それを受けていたのは、乃々歌ちゃんがファッションに興味を持つようにするため、だった。

いままでは、乃々歌ちゃんが私を慕っていたから。でも、今度こそ、乃々歌ちゃんは私を嫌うことだろう。そうなると、モデルのお仕事を続ける意味はなくなる。

……まあ、そのことは後で考えよう。

いまはそれよりも――と、紙袋を雫の前に差し出した。瞬間、雫の顔が驚きに染まった。

「え、それ、SIDUKIブランドの紙袋だよね？」

「……よく知ってるわね」

「それは知ってるよ！　お嬢様系の洋服を中心に、ハイブランドから、アクセシブルブランドまで幅広く扱う、女の子の憧れだもん！」

いや、だもんと言われても。私、最近まで知らなかったんだけど……なんて言ったら呆れられそうなので黙っておくけど。

「気付いていると思うけど、そのブランドは名前の通り、紫月さんが経営しているブランドなの。それで、私と雫、おそろいでお洋服をもらっちゃった」

「もらっちゃたって……そんな簡単に。うわぁ、これ、一式揃ってるじゃない！」

袋を覗き込んだ雫がちょっと興奮している。

なにをそんなに……って、よくよく考えれば当たり前か。ハイブランドは一着数十万円くらいするし、アクセシブルブランドだって一着数万円はする。それらを取り扱うブランドから、二人分の洋服をプレゼント。それに掛かる金額を考えれば……まあ普通は驚くよね。

「雫、気に入ってくれた？」

「もちろん！　……だけど、こんな高価な服、本当にもらっちゃっていいの？　私の誕生日はもう少し先だよ？　お姉ちゃん、自分の誕生日とごっちゃになってない？」

「そんな訳ないでしょ」

「でもこれ、ものすごく高価だよね？　お姉ちゃん、やっぱり怪しいバイトとかしてない？」

「してないしてない。っていうか、プレゼントだって言ったでしょ？」

「プレゼント……っ。まさか澪お姉ちゃん、その人の愛人に⁉」

「――っ」

咽せた。

でも、悪役令嬢の代役で、義理の妹という関係であることを考えると、雫の予想は全くの的外れとも言えない、かもしれない。

いや、ぜんぜん違うんだけどね。

「紫月さんに親しくしてもらってるだけよ」

「……ふぅん、本当に？」

「ええ、もちろん本当」

「じゃあ、紫月さんの義妹になった訳でもないんだね？」

「――っ!?」

壮絶に咽せた。

「な、なななっ、なんのこと?」

「ふぅん、あくまでシラを切るんだ?」

「シラを切るもなにも、私にはなんのことだか……」

「じゃあ、これはどう説明するの?」

雫がファッション誌を突き付けてきた。開かれたページは私の特集で、プロフィールには私のフルネームが……桜坂 澪って書いてあるぅぅぅぅうっ!?

「ち、違うの、これはええっと……ほら、芸名よ、芸名」

「そう言うと思って……次はこっち」

今度はノートパソコンを突き付けてくる。

なにやら、掲示板のページのようだ。

「ええっと、なになに? 澪たそ可愛い? なにこれ」

「それじゃなくて、その上の書き込みだよ!」

言われて、すぐ上にある書き込みを見る。

そこには、この桜坂 澪って何者? 桜坂グループの関係者? みたいな書き込みがあって、そのレスに桜坂家の養女になった娘らしい、といった感じで私の素性が書かれていた。

というか、私が実際に桜坂家の血を引いていることまで書かれているんだけど。

え、やだ、ネット怖い。

「……いつから気付いていたの？」

「怪しいと思ったのは最初からだよ。でも特に怪しんだのは、このノートパソコンが安かったって、お姉ちゃんが言ったとき、かな？」

「え、このパソコン？　でも、レシートを見せたよね」

「見たけど、あのレシート、偽装だよね？」

「え、してない、してないよ!?」

あのパソコンは桜坂グループのお店で見繕ってもらったものだ。ちゃんと予算を伝えた上で購入したから、そんなに高いパソコンは買っていない。

そう伝えたら、雫はジト目になって、再びノートパソコンを操作した。すると、何処かのショップサイトで売られているパソコンのページを見せられた。

「これが、澪お姉ちゃんがおそろいで買ってくれたパソコンの正規の値段だよ」

「……四万円？　なら、私が買ったときの値段と大差ないよね？」

少しは割り引いてくれたみたいだけど――と呟けば、雫が半眼になった。

「お姉ちゃん、桁数、間違ってる」

「……え？　一、十、百、千、万、よんじゅ……っ」

桁を数え直した私は思わず息を呑んだ。

もしかして、社員割引というか、財閥令嬢への特別価格的な感じだったのかな？　それに気付いたのなら、たしかに雫が疑うのも無理はないね。

「えっと……その、ごめんね。実は、その……」

「澪お姉ちゃん、言いたくなければ言わなくていいよ」

「え、そうなの？」

絶対問い詰められると思っていた私は、その予想外の答えに戸惑った。

「お姉ちゃんが私に内緒で色々してるのは寂しいけど、それが私のためだっていうのは分かるから、言いたくないのなら言わなくていいよ」

「雫……」

本当に、雫は出来た妹だ。

「でもね、その代わり一つだけ教えて欲しいの」

「うん？」

「お姉ちゃん、本当に危ないことはしてない？」

「してないよ」

私が本心でそう答えると、雫は真偽をたしかめるように目を覗き込んでくる。その視線を無言で受け止めていると、雫は少しだけ表情を和らげた。

「……分かった、信じるよ。ところで……もしかして、私にも桜坂家の血が流れているの？」

「え？　あぁ……そうだね。雫も養女になりたかった？」

「ん～、興味はあるけど、なりたくはないかな。お父さんとお母さんが悲しむもの」

「そう、だね……」

私が養女になると言ったときの二人の様子を思い出して唇を噛む。

「あ、あ、違うよ。お姉ちゃんを責めてる訳じゃないからね？」

「大丈夫、分かってるよ」

私は笑って「それよりその服を着てみたら？」と話題を変える。雫もそれに乗って、「じゃあ着替えてみるね」と笑顔で応じてくれる。

そうして雫が着替えたのは、いまの私とおそろいのデザイン。肩紐で吊るしたオフショルダーのサマーセーターに、ティアードスカートのミニ。それにガーターで吊ったニーハイソックスという、私が普段から好んで身に付けているお嬢様風のファッションだ。

「うわぁ……この服、着心地がいいね」

「たしかに、最初は驚くわよね」

雫が背中越しに自分を見下ろしてクルリと回るのを微笑ましく思いながら答える。正直、私も最初はむちゃくちゃ驚いた。

けど、着心地は生地だけじゃなくて、個人の体型に合わせてあるのが大きいみたい。

……って、どうして紫月お姉様が、雫の体型を知ってるんだろう？

なんて、今更かな。

「ねぇ、雫。今度お天気がいい日に、おそろいの服でお出掛けしてみる？」

「え、いいの？」

「うん、先生に許可を取っておくわね」

私が養女になったとバレたのは計算外だったけど、いまにして思えば悪いことじゃない。堂々と、お嬢様になった財力にものを言わせて、雫を可愛がることが出来る。

たとえば身体が弱い雫でも、リムジンでなら長距離の移動が可能なはずだ。

「じゃあ今度、おそろのコーデでデートしようね」

「うんっ、楽しみにしておく！」

雫が笑顔になるのを見て、美優ちゃんもこんなふうに生きる希望を抱いてくれれば、手術を受ける勇気を持ってくれるのかな？　と、彼女のことを思い出す。

「ねぇ、雫。実は相談があるんだけど」

「……澪お姉ちゃんが、私に？」

「ダメ？」

私が問い掛けると、雫はふるふると首を横に振った。それからにかっと笑って、「それじゃ、この雫さんがなんでも答えてあげるよ」と笑った。

なんか、雫のキャラがブレている。

私に頼られて嬉しいのかな？　それとも、新しいお洋服が嬉しいのかな？　あんまり浮かれて体調を崩すようなら止めなきゃだけど、いまのところ顔色はよさそうだ。

そう判断して相談事を口にする。

「実はね、友達の妹……みたいな子が、手術を拒んでるんだって」

「その手術、難しいの？」

「うぅん。手術は必要だけど、難しくはないみたい」

そう前置きを入れ、資料で確認した内容を伝える。その上で、乃々歌ちゃん――クラスメイトが色々と説得したんだけど上手くいっていない、という補足を交えて。

「手術が怖いってことだよね？」

「うん。失敗の可能性はないに等しいんだけど絶対じゃないし、小さな女の子だから手術を怖がるのも無理はないと思う。でも、手術を受けないと危険なの。だから、どうやったら、手術を受けてもらえるかなって思って……」

「うぅん……」

私の問いに、雫は沈黙してしまった。

もしかして、自分の病気には治療法がないのに、って思っちゃったのかな？　雫も三年待てば治療を受けられるから、大丈夫だと思ったんだけど……無神経だったかも。

「あのね、雫――」

「――ねえ、澪お姉ちゃん」

私と雫の声が被る。

私が先にどうぞと譲ると、雫はそれならと口を開く。

「その子、どうして手術を受けるのが怖いんだと思う？」

「え？　それは、失敗するかもしれないから、でしょ？」

「そうだね。でも、手術を嫌がる理由が、お姉ちゃんの思っている理由とは違うかもだよ」

「……ええっと、どういうこと？」

私は頭の上に疑問符をたくさん飛ばした。

「たとえば、私が手術を受けろって言われたら、きっと同じように怯えると思うんだよね」

「それは、自分で選択するのが怖いって話じゃないの？」

人間というのは、自ら引き金を引くことをためらう生き物だ。

たとえばトロッコ問題。

あなたがなにもしなければ五人が死ぬ。だけど、あなたがレールを切り替えればその人達が助かり、代わりに別の三人を殺すことになる。

そういう選択を迫られると、なにもしない人が多いと言われている。五人を見殺しにするより、自分の行動で三人を殺すことの方が嫌だから。

でもって、自分の命が懸かっている場合にも似たような感情の働きかけがある。

なにもしなければ数日中に20％で死に、ボタンを押せばそれで死ぬ可能性はなくなる。

ただし、押した瞬間に10％の確率で死ぬ。

そんなボタンを押すかどうか、とか。

これが、50％と5％とかなら、迷わず押すかもしれない。でも、確率にあまり違いがないのなら、運を天に任せる人が増えてくる。それらを口にして、手術を恐れるのはそういうことでしょう？　と、問い掛けると、雫がジト目になった。

「澪お姉ちゃんって、ズレたことを言うよね？」

「雫に呆れられた⁉」

うぅ、ここ最近で一番のショックだよ。

「あのね、澪お姉ちゃん。私が言っているのは、どうして恐れるかじゃなくて、なにを恐れるか、という話だよ」

「え、それは……手術の失敗による、死……だよね？」

「そうじゃなくて。あのね、私……死ぬのは怖いよ。だから、五分五分だったとしても、病気が治る手術があるって言われたら、迷わず受けたいって思う」

「……うん」

雫なら、きっとそう言ってくれると思ってた。

そう考える私に向かって、雫は「だけど――」と儚げに微笑む。

「もし、澪お姉ちゃんに手術を勧められたとしたら……私は拒絶するかも」

「ど、どうして？」

まさか、私の信用ってそこまでないの⁉　と、思わず動揺してしまった。でも、雫の続けた言葉に、私は別の意味でショックを受ける。

「だって、もしその手術で私が死んだら……澪お姉ちゃんが後悔するでしょ？」

「――っ」

私の脳裏に浮かんだのは、雫の亡骸《なきがら》にしがみついて泣いている自分の姿だった。

もし、私が勧めた手術で雫が帰らぬ人になったのなら、私は間違いなく後悔する。そうして、あのとき手術を勧めなければ、雫はいまも生きていたはずなのにって泣きじゃくる。

たとえその一ヶ月後に雫が死ぬのだとしても。

「たしかに、そう考えるとすごく怖いね」

「うん、私も怖いよ。私の死をずっと引きずるお姉ちゃんを想像したらすごく怖い」

「それ、は……」

その気持ちがありありと分かってしまった。

私も逆の立場なら、雫にそんな想いを背負わせたくはないと思う。

というか、これ、雫がいま実際に抱いている恐怖だ。

だって私は、雫に三年待てば、最新医療を受けさせてあげられるって伝えた。だから、あと三年がんばってって、そう伝えたんだ。

でも、もし雫が三年持たずに死んでしまったら、私は間違いなく後悔する。どうして、もう少し早く、治療を受けさせてあげられなかったんだろうって……必ず悔やむ。

雫は、そうして私を絶望させることを恐れている。

「雫……私は」

なにか言わなくちゃと焦って口を開いた私に、雫は透明感のある笑みを浮かべた。まるで、全ての感情を押し殺したような、私を気遣うような、そんな笑顔。

「分かってる。澪お姉ちゃんが私のために全力なのは誰よりも知ってる。だから、私も絶対に諦めない。お姉ちゃんを後悔させたりしたくないから」

「私も、雫を後悔させたりしない。必ず間に合わせるよ」

「……うん。お姉ちゃん、大好き」

雫の透明な微笑みに、少しだけ感情が滲んだ。

私は雫を抱きしめ、必ず雫を救うとあらためて誓う。悪役令嬢として破滅して、絶対に妹の病気が治る未来を掴み取ってみせる、と。

でも、同時にこうも思ってしまった。私が破滅することで自分の命が助かったと知ったとき、雫はどれだけ自分を責めるんだろう……って。

……雫は、その悲しみを乗り越えて、くれるかな？

うぅん、そうじゃない。雫に、そんな悲しみを背負わせる訳にはいかない。私が雫を救うために破滅したと、悟らせないための準備が必要だ。

そうしてぎゅっと抱きしめる腕に力を入れると、雫が吐息を零した。

「澪お姉ちゃん、苦しいよ」

「あ、ごめん」

慌てて雫を解放して、いまは美優ちゃんの件だと気持ちを切り替える。

「ねぇ、雫。貴女はともかく、その子はまだ小学生なんだよ？　なのに、そこまで考えるかな？　それに、最初に手術を勧めたのは、病院の先生のはずだし……」

「そうだね。私の予想は間違ってるかもしれない。でも、その二人は姉妹のように仲がいいんだよね？　だとしたら、私と同じように思ってもおかしくはないんじゃないかな？」

「……そっか、そうかもね」

たとえば、先生に勧められたときはただ怖かっただけで、乃々歌ちゃんに勧められたときに初めて、雫が言うような恐怖を抱いた――って可能性も零じゃない。

というか、そんな気がしてきたよ。なんて言ったって、ヒロインとその妹みたいな女の子のエピソードだからね。後で美優ちゃんに会って、直接たしかめてみよう。

「ありがとう、雫。とても参考になったよ」

「えへへ、どういたしまして」

満面の笑みで微笑む、雫はやっぱり天使だと思う。

4

雫のお見舞いを終えた私は、その足で美優ちゃんのいる病院へと向かった。ロビーで美優ちゃんの病室を尋ねると、いまの時間なら中庭にいると教えてもらえた。

そうして中庭に足を運んだ私は、ベンチで本を読んでいる美優ちゃんを発見する。

「美羽ちゃん、久しぶりだね」

私はそう言いながら、彼女の隣に腰掛けた。

「え？　あ……澪お姉ちゃん」

「うんうん。覚えててくれて嬉しいよ。元気にしてたかな？」

横顔を見ながら問い掛ければ、美優ちゃんはその表情を曇らせた。

「元気ないね。もしかして、体調がよくないの？」

「ぅうん、そういう訳じゃないんだけど……お姉ちゃんと喧嘩しちゃったの。あ、お姉ちゃんっていうのは、澪お姉ちゃんのことじゃなくて」

「うん。美羽ちゃんのお姉ちゃんなんだね」

「うん。その、本当のお姉ちゃんじゃないんだけど……」

「仲良しのお姉ちゃん？」

「うん、すっごく仲良しのお姉ちゃん！」

美優ちゃんはそう言って表情を輝かせ、またすぐにしょんぼりと俯いた。乃々歌ちゃんと喧嘩したことを思い出してしまったのだろう。

というか、喧嘩、ねぇ？　そんな報告は聞いてないんだけど……もしかして、手術の件で乃々歌ちゃんの説得を突っぱねたことを、喧嘩って言ってるのかな？

もしそうなら、雫の予想が正解、なのかな。

「ねぇ、どうして喧嘩をしたの？　よかったらお姉ちゃんに話してみない？」

「……聞いて、くれるの？」

「うん、もちろん」

優しく微笑んで、美優ちゃんが自分から話し始めるのを待つ。そうしてしばらく待っていると、実は――と、美優ちゃんが口を開いた。

「私、手術を受けないとダメなの」

「手術って……何処か悪いの？」

私は知らないフリをして問い掛ける。

「うん。このまま放っておくと大変なことになるんだって。でも、手術をしたら大丈夫って言われてるんだけど……」

「分かる。手術って怖いよね」

美優ちゃんが最後まで口にするより早く賛同する。これで彼女の恐れていることが手術自体だったのなら、そうだよねと乗ってくるはずだ。

だけど、もしそうじゃないのならと、相手の出方をうかがった。

「手術自体は、簡単なんだけどね」

美優ちゃんはちょっと困った顔で笑った。

……これは、どっちかな？　紫月お姉様のように相手の心を読むの、私にはまだ難しいみたい。仕方ない。もう少しストレートに聞いてみよう。

「美羽ちゃんは、その仲良しのお姉ちゃんのことが心配なの？」

その言葉による彼女の反応は劇的だった。目を見張って、どうしてそのことを？　とでも言いたげに私に視線を向けてくる。

……どうやら、雫の予想が正解だったみたいだね。

「どうして？」

美優ちゃんが詰め寄ってくる。

「えっと……どうして分かったのかってこと？　私もね、妹に同じようなことを言われたの。自分が死んじゃうことより、そのことでお姉ちゃんを傷付けることのほうが怖いって」

「え、それって……」

「私の妹も病気なの。ここだけの秘密よ？」

美優ちゃんは目を見張って、それから少しだけ俯いた。

「……私、すごくすごく辛い時期があったの。ひとりぼっちで、誰にも理解されないと思い込んでいて。でも、そんな私に、乃々歌お姉ちゃんは優しくしてくれた」

「そのお姉ちゃんのこと、本当のお姉さんみたいに思っているんだね」

「うん」

「だから、そのお姉ちゃんが、自分のせいで傷付くかもしれないのが怖いんだね」

「うん。ぅん……っ」

姉を想う美優ちゃんを愛おしく想う。でも同時に姉である私は、そんな理由なら、迷わず手術を受けて欲しいと思わずにいられない。

「ねぇ美羽ちゃん、私が美羽ちゃんのお姉ちゃんなら、手術を受けるように勧めたせいで美羽ちゃんになにかあったら、私は一生後悔するよ」

「そう、だよね……」

美優ちゃんは膝の上に置いていた本をきゅっと握り締める。私はそんな美優ちゃんの手に、自分の手をそっと重ねた。

「それでも、私は美羽ちゃんに手術を勧める」

ない」

「……え？　ど、どうして？」

「決まってるじゃない。そっちのほうが、美羽ちゃんの助かる可能性が大きいからだよ」

「で、でも、それで、自分が傷付くかもしれないんだよ？」

「そんなの、関係ないよ。だって、私は……うぅん、美羽ちゃんのお姉ちゃんは、美羽ちゃんのことが好きだから。自分が傷付くかもしれないなんて恐れて、助けないなんてあり得ない」

先日のトロッコ問題を覚えているだろうか？

自分がなにもしなければ五人が死ぬ。でも自分がレールを切り替えればその五人は助かり、その代わりに三人を殺すことになる。さて、どうする？　といった問題。

それらの問題において、なにもしないと答える人は少なくない。私もきっと、同じ選択肢を与えられたらためらうと思う。でも、その五人の中に雫がいるとしたら、レールを切り替えて死ぬ三人の中に自分がいたとしても、私はレールを切り替えることを迷わない。

乃々歌ちゃんも、きっとそういう人間だ。

そして、美優ちゃんを心配する彼女を見て、琉煌さんが恋心を抱くというストーリーもよく分かる。私も、美優ちゃんを大切に思う乃々歌ちゃんを見て、好意を抱いているから。

「……あのね、美羽ちゃん。この世界には不条理なことがたくさんあるの。だから、絶対に大丈夫だなんて言えない。もしかしたら、って不安があるのは当然だよ」

私は、乙女ゲームのストーリーを聞かされている。そのストーリー通りなら、美優ちゃんの手術はびっくりするくらいあっさりと終わる。

でも、それは原作ストーリーであって現実ではない。既に原作ストーリーとは違う結果がいくつも出始めている。美優ちゃんが死んじゃう結末が絶対にないとは言えない。

だけど、一つだけ確実なことがある。

「美羽ちゃんが手術を拒み続ければ、そのお姉ちゃんは必ず傷付くよ」

正確に言えば、いまこの瞬間も乃々歌ちゃんは傷付いているはずだ。自分の力不足で美優ちゃんに、手術を受ける勇気をあげられない――って。

「私が、お姉ちゃんを傷付ける、の？」

私はその問いに、首を横に振ることで応じた。

「美羽ちゃんが傷付けるんじゃない。そのお姉ちゃんが勝手に傷付くの。……まあでも、美羽ちゃんにとっては同じことだよね」

「……うん。私、乃々歌お姉ちゃんに傷付いて欲しくない」

やっぱり優しい子だ。もちろん、自分が死ぬかもしれないという恐怖もあるのだろう。

そもそも、最初に手術を拒んだのはそういう理由だったはずだ。

でも、いまの彼女がなにより恐れているのは、大切なお姉ちゃんを傷付けること。

私は、そんな彼女の不安を取り除いてあげたい。

「美羽ちゃん、私が約束してあげる。もしも美羽ちゃんになにかあって、そのお姉ちゃんが悔やむことになったら、私がそのお姉ちゃんを助けてあげる」

普通なら、自分の手術が失敗すると思っているの？　と怒るかもしれない。でも、美優ちゃんは怒らない。それどころか「……本当？」と縋るような目を向けてきた。

「本当よ。体育祭でクラスが優勝したら、手術を受けるって約束をしてたんだよね？　その運命に委ねれば、乃々歌が傷付かないと思ったのかしら？」

手術を受けるのは体育祭の結果によるもので、乃々歌ちゃんのせいではないという保険。それにより、万が一のときに乃々歌ちゃんが少しでも傷付かないようにしたのでは？

そんな予想を口にすれば、美優ちゃんは驚きに目を見張った。

「どうして、澪お姉ちゃんがそれを知ってるの？」

「ここだけの話だけど、乃々歌と私、同じクラスなの」

悪戯っぽく笑ってみせる。

美優ちゃんはやっぱり目を丸くして、それから縋るような目を向けてきた。

「……本当？」

「クラスメイトのこと？　本当よ」

「そうじゃなくて、乃々歌お姉ちゃんが傷付いたら、本当に慰めてくれる？」

「……ええ。なにがあっても、絶対に立ち直らせてあげるわ。だから、美羽ちゃんはなにも心配せず、ちゃんと手術を受けなさい」

美優ちゃんのためだけじゃない。それは、雫を助けるために必要なプロセスだ。だから、どんな手を使っても乃々歌ちゃんを元気にすると誓うことが出来る。

「じゃあ……約束してくれる？」

「ええ。その代わり、ちゃんと手術を受けるのよ？　それともう一つ、私のこと、乃々歌には内緒にしてくれる？」

「……内緒に？」

「うん。私が説得したことや、私とお話したことは内緒、約束できる？」

「私が約束したら、澪お姉ちゃんも約束してくれるの？」

「ええ、約束するわ」

「分かった、じゃあ……約束！」

美優ちゃんが小指を差し出してくる。私はその小指に自分の小指を絡めて、なにかあれば絶対に乃々歌ちゃんを助けると約束した。

「よし、それじゃあ、私はもう行くわね」

そう言って立ち上がり、スカートをパタパタと払う。そうして三歩ほどその場から離れた私は、不意に思い出したかのように振り向いてみせた。

そうして両手を広げ、美優ちゃんが手術を受けるのに必要な魔法の言葉を口にする。

「美羽ちゃんに一つだけ教えておいてあげる。実は私、未来を知っているの。美羽ちゃんの手術が成功する未来をね。だから――〝私を信じて手術を受けなさい〟」

月曜日、私はいつものように学園に登校した。桜坂家の娘に無遠慮な視線を向ける人はいないけれど、ちらちらと盗み見られている。

先日の一件で、私が悪女であるという認識が広まっているのだろう。実際、あれから乃々歌ちゃんはもちろん、六花さんや琉煌さんとも喋っていない。

騎馬戦をサボってしまったのは事実だから仕方ないけど、六花さん達にまで嫌われてしまったのだとしたら……やっぱり少し寂しいなぁ。

でも、それは私が望んだことだ。雫を助けるために私が自ら進んだ道。どんなに寂しくたって、私はその道を進む。だって、雫を失うより哀しいことは他にないから。

幸い、明日香さんと沙也香さんが仲良くしてくれるようになったので、クラスで寂しい思いをしたり、体育の授業でグループにあぶれるということはなかった。

だから――と、堂々と胸を張って授業を受ける。

そうして一日を過ごしていると、休み時間になって乃々歌ちゃんの声が聞こえてきた。美優ちゃんが手術を受ける気になったと報告して、みんなにお礼を言っているようだ。

「協力してくれてありがとうございました」

「体育祭には負けてしまいましたが、大丈夫だったのですか？」

六花さんが小首を傾げる。

「はい。その……最初はやっぱり負けたからって嫌がったんですが、でも気が変わったらしくて、昨日いきなり手術を受けるって言ってくれたんです」

「そうですか、それは安心いたしました」

六花さんが微笑んで、クラスメイト達が「よかった」と声を掛ける。

その直後――

「誰かが騎馬戦をサボらなければ、そもそもなんの問題もなかったのにね」

乃々歌ちゃんの友達、夏美さんの声が教室に響いた。決して大きな声じゃなかったんだけど、周囲がちょうど静まった瞬間で、思いのほか声が響いてしまったみたいだ。

「貴女、それはどういう意味ですか？」

真っ先に口を開いたのは明日香さんだった。彼女が私の前に立つと、沙也香さんがその後に続いて、「澪さんのことを言っているなら許しませんわ」と前に出る。

だけど私は「――止めなさい」と、彼女達の言葉を遮った。私が騎馬戦に出なかった理由を知っている二人が不満気な顔を向けてくるけれど、私は首を横に振って取り合わない。

だけど、そんな私達のやりとりが、それ以上は財閥特待生として黙っていない――という脅しに映ったのだろう。夏美さんが不満を露わにした。

「なによ。都合が悪くなったら権力を振りかざすの？」

「夏美ちゃん！」

「……なによ、事実でしょ？」

乃々歌ちゃんがたしなめるけど、夏美さんは言葉を撤回しなかった。後に引けなくなっただけ、という気がしないでもないけれど、とにかく夏美さんは私を睨みつけてくる。

「どうして騎馬戦をサボったんですか？」

「理由が必要かしら？　以前にも言ったはずですわ。乃々歌のお友達がどうとか、わたくしには関係のないことだって」

「……っ。どうして……」

いま説明したでしょうと口にしようとした私は、けれどその言葉を呑み込んだ。私を見る夏美さんの瞳に、怒り以外の感情が滲んでいたからだ。

そうして彼女の出方をうかがっていると、彼女は一呼吸置いてから言葉を続けた。

「私は、貴女が最初から意地悪だって思ってました」

「なら……」

どうして、そんなに裏切られたみたいな顔をしているの？

そんなふうに戸惑う私に、彼女は語気を強めて続ける。

「でも、乃々歌は貴女のことをずっと信じてた！　本当は優しい人なんだって、ずっと。

「乃々歌、この期に及んでも、まだ澪さんを庇うつもりなの？」
彼女はハッとした顔をして、夏美さんの腕にしがみつき「やめて！」と叫んだ。
なら、ここは乃々歌ちゃんにがんばってもらうしかない――と、彼女に視線を向けた。
そして陸さんに至っては……私にあからさまな侮蔑の視線を向けていた。
向いている。少なくとも、この件で仲裁をするつもりはないだろう。
琉煌さんも同じだ。彼は不機嫌そうな顔で、だけど我関せずといった面持ちでそっぽを
くれたと思う。だからこれは、私が愛想を尽かされた結果、なのだろう。
い表情を浮かべながらも沈黙を守っている。いままでの彼女なら中立的な立場で仲裁して
六花さんが止めてくれればいいのだけど……と、彼女を盗み見る。だけど、彼女は険し
高い。
の舞だ。桜坂グループに属する財閥特待生が、夏美さんに辛く当たるようになる可能性が
とはいえ、ここで彼女を許さない――みたいな発言をしたら、彼女は沙也香さん達の二
げたいと思ってる。でも、悪役令嬢である私にそれは出来ない。
そのまま変わらず、乃々歌ちゃんの側にいてあげてね？　と、彼女の行動を肯定してあ
私が裏切ったから。夏美さんは、友達思いの女の子、なんだね。
あぁ……そっか、彼女は乃々歌ちゃんのために怒ってるんだね。乃々歌ちゃんの信頼を、
だから、私も、そうだったらいいなって……そう思っていたのにっ！」

「それは……」

乃々歌ちゃんが視線を彷徨《さまよ》わせる。それは迷っている証拠だ。この状況でも、まだ私を信じようとしてくれるんだと申し訳ない気持ちになる。

だけど――

乙女ゲームをハッピーエンドに導き、雫の命を救う。

そのためには、乃々歌ちゃんと決別する必要がある。

だから――

「この期に及んでもわたくしを信じようとするなんて本当におめでたい人ね」

私は扇を広げて口元を隠し、乃々歌ちゃんを嘲笑《あざわら》っているかのように振る舞った。

本当は、最初からこんなふうに突き放すべきだった。色々と予定が狂ったせいで親しげに振る舞う時期もあったけれど、いつかはこうなる運命だったのだ。

なのに、私が悪に徹しきれなかったせいで宙ぶらりんになっていただけ。

悲しくないなんて絶対に言えない。

雫のためにバイトを始め、人付き合いを止めた私の周りからは、友人が一人、また一人と消えていった。だから、この学園で知り合った彼女達は私にとって大切な友人だ。

その友人達に嫌われて平気だなんて絶対に言えない。

でも、美優ちゃんのときに思い浮かべたトロッコ問題と一緒だ。

レールの先には雫がいる。

たとえレールを切り替えた先に誰がいようと、何人いようと関係ない。たとえ私を含めた世界中の人々がいるのだとしても、私は歯を食いしばってレールを切り替える。

それが、私が選ぶ未来。

だから――と、私は髪を掻き上げて再び意識を切り替える。罪悪感を抱くのは仕方ない。だけど、泣き言なんて口にする資格はない。それでも私は、雫を救うと決めたんだ。

だから笑え、いまの私は悪役令嬢だ！

「あなた方が、乃々歌の手伝いをするのは自由よ。だけど、その善意の押し付けに、わたくしを巻き込まないでいただけるかしら？」

冷たくあしらう私に対し、蔑むような視線が集まる。

いまの私は、上手く笑えているかしら？

それすらも分からぬまま、私はその場から立ち去った。

5

私が築き上げた信頼は、たった一つの行動で崩れ去った。

だけど、これは私が望んだことだ。遠巻きに眉をひそめられるけれど、私が周囲を罠に掛けたという前例があるから直接的な被害を受けることはない。

それに、沙也香さんと明日香さんが側にいる。

だから、私は大丈夫。

だけど……悪役令嬢はどうして、こんな状況でも意地を張るんだろう？

私のように、誰かのためにがんばるのなら分かる。でも本来の悪役令嬢はそうじゃない。一人で意地を張って世界を敵に回し、最後はなにも成し遂げられずに破滅する。

そんなの、私には耐えられない。

悪役令嬢の気持ちが分からない。だけど……幸か不幸か、私は悪役令嬢の気持ちを知る必要がない。だって私は、破滅することで目的を果たせるから。

だから迷うことはない。雫を救うため、私はこの道を突き進む。

そんなふうに考えていると、不意にスマフォに着信が入った。着信があったのは佐藤澪の回線だ。そこに表示されているママの名前を目にした瞬間、すぐに応答をタップした。

「もしもし、ママ？」

「こんばんは、澪。いまは大丈夫？」

「うん。いまは大丈夫だよ」

私の戸籍については既にオープンになっている。

ゆえに、私がママの娘であることを隠す理由はない。それはママも知っている。だからいまの確認は、電話をする時間があるかどうか？　という問い掛けだろう。

この時間は大抵、私が家にいることは知っているはずなんだけど……そう言えば、ママから私に電話をかけてくることは滅多にない。

「もしかして、なにかあった？」

「うぅん、なにもないわよ。ただ、私が澪の声を聞きたくなっただけ。私の可愛い可愛い娘が、どうしてるかなって思って」

「……ママ。私も、ママの声が聞きたかったよ」

養子縁組をしたときは、もう二度とパパとママのことを呼べなくなると思ってた。だから、堂々とママと呼べることがすごく嬉しい。

思わず甘えそうになってしまうけれど、ここで弱音を吐く訳にはいかない。

そう思っているのに——

「ねぇ澪、なにか辛いことがあったの？」

「……どうして？」

思わず、といった感じで問い返した。

私は悪役令嬢として日々訓練をしている。演技だってたくさん練習した。もちろん完璧にはほど遠いけれど、少し落ち込んでいる程度なら隠し通せるはずだ。

そうして驚く私に、ママは茶目っ気たっぷりに笑う。

「私は貴女のお母さんなのよ？　貴女の様子がおかしいことくらい、すぐに分かるに決まってるじゃない。なんて、本当は紫月さんから連絡をいただいたんだけどね」

最後の一言で台無しだよ。

――って、

「お姉様から？」

「ええ。澪が落ち込んでいるから、慰めてあげてください、って。……あぁでも、紫月さんからは、私が教えたことは秘密にしておいてくださいって頼まれてるからここだけの話ね」

「……ちょっと、ママ？　なんで秘密って言われたことを、あっさり教えちゃっているの？」

紫月お姉様はたぶん、ママを信頼して教えてくれたんだと思うよ？　と、半眼になる。だけど、返ってきたのは、朗らかな笑い声だった。

「なにを言っているのよ。私にとって一番大切なのは澪、貴女よ。その貴女が喜ぶことを、貴女に教えないはずないじゃない。紫月さんもきっと、分かってて言ったはずよ？」

「……そう、かなぁ？」

紫月お姉様なら、信頼関係を重要視しそうな気がする。あぁでもそれは、財閥の関係者だから、かな。人との繋がりは情が大切だけど、仕事だと情を挟んじゃダメだもんね。

でも、ほんと、気遣いが出来るお姉様だ。

最近思うんだけど、紫月お姉様が悪役令嬢だっていうのが信じられない。乃々歌ちゃんとは違うタイプだけど、紫月お姉様もどっちかと言うとヒロインタイプだと思う。

「それで、なにがあったの？」

「……それは」

現実に引き戻され、思わず言葉を濁した。雫のために無理をしているなんて思われたくないから。だけど、そうして私が沈黙するあいだに、ママは勝手に勘違いをしてくれる。

「なにか落ち込んでるんでしょ？　お嬢様学校で馴染めてない、とかかしら？」

「ん～それは大丈夫、かな？　クラスメイトはみんな、優しい人ばっかりだから」

「そっか。なら、澪なら仲良くなれるわね」

「……うん、そうだね」

私が悪役令嬢じゃなければ——というセリフは呑み込む。そして追及されるより早く、「そういえば、ママは自分の父が桜坂家の人間だって知ってたの？」と話題を変える。

「もちろん知らなかったわ。というか知っていたら、貴女を養女にするとき、あそこまで心配しなかったわよ」

「まぁ……そうだよね」

戸籍を改竄するから、親子であることを秘密に——という項目が契約にあった。だから、もう二度と、家族として接することが出来なくなると落ち込んだ。

それは私だけじゃなくて、パパとママも悲しんでいた。

あれが演技とは思えない。

「でも、ぜんぜん知らなかったの？」

「ん～、少し訳ありだってことは聞いていたわよ？　でもそれ以上は知らないわ」

「そっか……」

じゃあ、本当に紫月お姉様だけが知ってた感じなんだね。紫月お姉様がどのタイミングで知ったのか気になるんだけど……まあ、聞いても教えてくれないよね、たぶん。

そんなことを考えながら、ママとしばらくおしゃべりを楽しんだ。

それからしばらくは、特になにもない日々が続いた。もちろん、私は悪役令嬢のポジションを確立したままで、学校では遠巻きに噂される日々が続いている。

そうして、期末試験が近付いてきた。

スマフォに届いた成績は、私が前回取った順位よりも少し上程度。

ここまで成績を上げるのは苦労したけれど、悪役令嬢は決して勤勉じゃない。一度追いついてしまえば、原作の悪役令嬢と同じペースで順位を上げるのはわりと簡単だ。

悪役令嬢はハイスペックでも、決して努力家ではなかったみたい。だから私は試験勉強をする傍ら、雫とビデオ通話を楽しむ余裕があった。

ただ、学校では明日香さんや沙也香さんと一緒に勉強をする。悪役令嬢としては、あまり人前で努力を見せたくないのだけれど、二人に請われて仕方なく、といった感じである。


昼休み。

カフェで食事をしていると、周囲からヒソヒソと噂する声が聞こえてきた。主語が巧妙に伏せられているけれど、端的に言ってしまえば私に対する悪口だ。

ついにここまで来たのか——と、私は感慨深い気持ちになった。

乃々歌ちゃんや六花さん、それに琉煌さんや陸さんに失望されるのは悲しい。だけど、私のことをよく知りもしない、噂に流されるだけの人達がなにを言っても気にならない。

私は素知らぬ顔でショートケーキを食べていたのだけれど、いつからか沙也香さんと明日香さんの手が止まって、いまにも立ち上がりそうな面持ちをしていた。

私はショートケーキをこくんと嚥下《えんげ》して、「気にする必要はありませんよ」と呟く。

「ですが、澪さん……」

明日香さんが訴えるような視線を向けてくる。

沙也香さんと明日香さん。二人セットで悪役令嬢の取り巻きという認識だったのだけれど、こうして友達になってみれば二人の性格は一緒じゃない。内向的な沙也香さんに、社交的な明日香さん。明日香さんのほうが、こういった場面では感情的になりやすい。

「わたくしは気にしませんわ」

だから、貴女も気にしなくていいのよと視線で訴えかける。明日香さんはしぶしぶといった感じで頷き、ノートに視線を落とした。

だけど――

「それにしても、あの二人はなにを考えていらっしゃるのかしら？」

「ほんとですわね。自分を貶めた相手にすり寄ったりして、恥ずかしくないのかしら？」

へぇ……ここで私の取り巻きを揶揄《やゆ》するんだ？

主語を口にしていないから大丈夫と油断しているのね。いいじゃない。そんなに破滅したいのなら、私が悪役令嬢であるとみなに知らしめるための生贄にしてあげる。

私はポケットから取り出した扇で口元を隠し、目元だけで笑ってみせた。

「明日香さん、沙也香さん。貴女達、権力を持つわたくしにすり寄っているの？」

前置きを挟まずに尋ねる。

その声が聞こえたのだろう。カフェが一瞬で静まり返った。

「なにをおっしゃるのですか？　そのようなことありませんわ」

「そうですわ。私達は自らの過ちを反省しただけです」

明日香さんと沙也香さんが続けざまに答えた。

「ええ、そうね。よく知っているわ。でも……もしも、貴女達が桜坂家の娘であるわたくしに取り入ろうとしているだけだとしてもかまわないの」

「「そんなことは――っ！」」

二人揃って否定しようとする。だから私は、手のひらを差し出して遮った。

「そうじゃないことは知っているわ。でも、そうだったとしても、それは正しい行為よ。だって、そうじゃない？　親の勤める会社が、何処の下請けかも知らずに火遊びをしたり――」

私はパチンと音を鳴らして扇を閉じて、悪口を言っていた娘の一人に視線を合わせる。

彼女は専務の娘だ。桜坂グループの下請けをしている会社の。

ちなみに、桜坂がその会社を下請けにしているのは、紫月お姉様と同世代の娘がいるという程度のよしみでしかない。私と不仲だと知れば、下請けの話はなくなるだろう。

そのことを思い出したのか、はたまた雰囲気に呑まれただけか、彼女はびくりと身を震わせた。私はそんな彼女から視線を外し、続いて悪口を言っていた二人目へと視線を向ける。

「親の会社がどこから融資を受けているか知らずにやんちゃをしたり――」

私は口の端を吊り上げて笑いかけた。

こちらは中小企業の社長令嬢だ。新たな事業に参入するという名目で桜坂グループの融資を受けているが、中々成果を上げられずにいる。

既に微妙な状況だから、私の機嫌一つで融資が打ち切られることだってあるだろう。

「無知を晒しているだけか、はたまた破滅願望があるだけか。そんなお嬢様方より、わたくしに媚びを売る貴女がたのほうが、よほど賢明だと思いませんか？」

「たしかに、澪さんに喧嘩を売るのは愚かなことですものね」

「私も、もう二度と澪さんには逆らおうと思いませんわ」

私の問い掛けに明日香さんが笑って答えれば、沙也香さんも笑って応じた。結構ヤバいことを言ってるはずなんだけど、二人ともノリノリね。

私が冗談を言っているとでも思っているのだろう。

でも、本気に受け取った者達もいる。私の悪口を言っていた二人に視線を向ければ、彼女達は青ざめた様子で立ち上がり、逃げるように去っていった。

そうして、私達を揶揄する声が消えた。代わりに畏怖の視線が向けられる。

これこそ、私が望んだ通りの展開だ。私が悪役令嬢として振る舞うための生贄になってくれてありがとう。そんな思いを込めて、彼女達の後ろ姿を見送る。そうして視線を戻せば、なぜか明日香さんと沙也香さんにキラキラとした瞳で見つめられていた。

……って、どうしたのよ？　彼女達をやり込めるためとはいえ、わりと酷い扱いをしたと思うのだけど、どうしてそんな目で見るのよ？　そう思っていたら「私達のために怒って下さってありがとうございます」と二人が頭を下げる。

「なにを言っているの？」

「隠さなくてもいいではありませんか。わたくし達のために怒って下さったのでしょう？」

沙也香さんがそう言って、明日香さんがこくこくと頷く。

あぁ、そういうふうに解釈したのね。

……この子達、なんか第二、第三の乃々歌ちゃんになってたりしない？　もっとも、悪役令嬢の取り巻きだから、悪役令嬢の信者でも問題ないのかもしれないけど。

そんなことを考えながら、私はショートケーキを口に運んだ。


放課後。

ホームルームを終えた後、担任の先生から生徒指導室へ行くように指示される。悪役令嬢街道を邁進中の私が呼び出しを受けたことで、クラスメイトの視線が私に集まった。

陸さんは私を見ようとせず、乃々歌ちゃんは私をちらりと見て目を伏せた。六花さんと琉煌さんはなにか言いたげな顔で私を見ている。

だけど、そんな彼らの視線を遮るように、明日香さんが私の前に立つ。

「澪さん、やはり私が――」

人差し指を突き付け、明日香さんのセリフを遮った。彼女がなにを口にしようとしたか分かってしまったからだ。明日香さんは、私が騎馬戦を休んだ理由を話そうとしている。

それで秋月家の不興を買って、自分の家が不利になることを承知の上で。

だから、そんなことはさせないと彼女の頰に手を添える。

建前は、秋月家のプライドを保つためだけど、その実は私が悪女であると人々に示すために他ならない。私が明日香さんを庇っていたなんて、そんな美談にされてはたまらない。

だから——

「明日香さん、せっかく丸く収まった話を蒸し返す必要はないでしょう？　あの件は、わたくし達だけの秘密よ。……約束、出来るわね？」

彼女の目を覗き込み、強い口調で言い放った。

明日香さんは私に感謝している。だからこそ、私の指示に逆らうことはない。沙也香さんも、明日香さんの許可なく、明日香さんの実家に迷惑を掛けるような選択はしないだろう。

だから、これで心配はない——と、私は彼女達を置いて生徒指導室へと向かった。

やってきた生徒指導室の前。ノックの返事を待ってから扉を開けて部屋に入る。

ローテーブルの向こう側に座っていたのは、体育を担当する千秋《ちあき》先生だった。彼女はこの学園で唯一、私が乃々歌ちゃんのために悪女を演じていると気付いている人間である。

もっとも、その件は紫月お姉様が手を打ったので問題ない——はずだったのだけど。

「千秋先生がわたくしを呼び出したのですか？」

どういうつもりですかと睨みつければ、彼女はびくりと身を震わせた。

「体育祭の件で、貴女に聞きたいことがあります」

「まさか、乃々歌に協力してあげなかったのが悪いことだ、とでも言うつもりですか」

「いいえ。協調性に欠けるのは事実ですが、貴女の言動が間違いだと決めつけることは出来ません。それに、なにか事情があったのではありませんか？」

「乃々歌に似て、おめでたい人ね」

呆れたように言い放つけれど、千秋先生はなにかを見透かすように私を見つめている。

ここで私が動揺したり、なにを根拠に――なんて聞けば進んで自白するようなものだ。

それでも、ここまで確信めいた態度をとられている以上、その理由を問わずにはいられない。やっぱり、蒼生学園の先生だけあって手強いわね。

「……なにを根拠に、そう思うのですか？」

「あの日、東路さんから欠席の連絡があったの。だけど……貴女がクラスメイトと口論になったとき、貴女の側には東路さんがいたそうね？」

「……好奇心は猫をも殺す。ご存じありませんか？」

ストレートに警告するけれど、千秋先生はふっと微笑んだ。

「もちろん知っているわ。貴女に逆らったらどうなるかくらい、ね。だけど、私はこれでも教師だから。生徒のことを理解するのが先生の務めなのよ」

「……いまどきはやらないと思いますが。先生に打ち明けてみろ、と言うつもりですか？」

「いいえ、聞いても話してくれないのは分かっているわ」

「……では、わたくしを呼び出した理由はなんですか？」

千秋先生の思惑が分からなくて、私は声のトーンを落とした。

「決まっているわ。この状況で、誰も貴女を呼び出さなければ不自然だから、よ」

「……それは、もしや、話を合わせてくださる、と？」

ハッキリ言って、予想外の答えだった。

そうして戸惑う私に、千秋先生は深刻な顔をした。

「ローンが払えなくなったら困るのよ」

私はパチクリと瞬いて、その意図を察してくすりと笑う。

「……そこで悪役ぶる必要、ありますか？」

私を敵に回せば職を失うと脅したことはあるけれど、味方をしろと脅したことはない。

だから、本当にトラブルに巻き込まれたくないだけなら、そもそも私を呼び出す必要はない。

あえてそんなふうに振る舞うのは、私に気を使わせないためだろう。そう指摘すれば、
彼女は皮肉めいた笑みを浮かべた。

「貴女には言われたくないわね」

「わたくしは悪役ぶってる訳じゃなく、根っからの悪女ですから」

「本物の悪女はそんなふうに言わないのよ」

そう言って立ち上がった彼女は、私にコーヒーを淹《い》れてくれた。

「……どういう風の吹き回しですか？」

「すぐに戻ったら、お説教されていたという信憑性がないでしょう？　それを飲んで、時間を潰してから教室に戻りなさい」

「……先生、少し変わりましたか？」

「私は最初から、生徒達の味方よ」

言われてみればそうかも。

そんなふうに考えながら、先生が淹れてくれたコーヒーを口にした。

ほどよく時間を潰して生徒指導室を後にすると、走り去る生徒達の後ろ姿が目に入った。

おそらく、私が呼び出しを受けたと知った生徒達が、様子をうかがっていたのだろう。

悪女として孤立しつつあるいまが悲しくないと言えば嘘になる。

でも、これは私が望んだこと。

だから私は笑う。

雫を助けるためになら、紫月お姉様以外の全てを敵に回したってかまわない。

そうして悠然と微笑んで教室へと向かう。廊下を歩く私の前に、一人の男子生徒が立ちはだかった。新しい生贄の登場かしら——と顔を上げた私はピシリと固まった。

そこに、ある意味ラスボスがたたずんでいたからだ。

「きょ、恭介《きょうすけ》さん、どうしてここに？」

「どうして？　以前、俺はこう言ったはずだ。おまえが紫月の評価を下げるような真似をすれば、俺はどんな手を使ってもおまえを排除する、と」

エピソード4

1

「澪、ずいぶんと好き勝手やっているようだな？」

悪役令嬢としての地位を確立した。ようやくスタートラインに立ったと安堵した直後に恭介さんが現れた。紫月お姉様の従兄にして、桜坂財閥本家の跡取り。

紫月お姉様の害になるなら、私を排除すると公言してはばからない彼が。

絶対に敵に回しちゃダメな人なんだけど……そうだよね。私が悪役令嬢としての地位を確立したら、そりゃこの人が飛んでくるよね。

完全に失念していたよ。

でも、びびっちゃダメだ。紫月お姉様の恩に報いるためにも、雫の命を救うためにも、ここで恭介さんに潰される訳にはいかない。

だから胸を張れ。いまの私は悪役令嬢だ！

「好き勝手とは……なんのことでしょう？」

「俺が知らないと思っているのか？　協調性のない振る舞いをして、周囲の反感を買った。

おまえは紫月の評価を大きく下げている。桜坂家の娘に相応しくない」

思った以上にハッキリと言われてしまった。反論をしたいけど、彼に屁理屈は通じない。なにより、彼の言葉が正しいことを誰よりも私が一番理解している。

それでも、なにか言うべきだと無理矢理口を動かした。

「……わたくしを養女にしたのはお姉様の意向です」

「だから俺に口を出す資格はない、と？　次期当主の影響力を舐めているのか？　俺にその程度のことが出来ないと思っているのか？」

やっぱり手強い。というか、この状況が私に不利すぎる。

でも、泣き言は言っていられない。このまま養女でいられなくなったら、私がやってきたことの意味がなくなっちゃう。雫のことが救えなくなっちゃう、だけじゃない。

雫のために多くの人達を傷付けた意味がなくなっちゃう。

そんなのは絶対にダメだ。

私は目的を果たす。そうして、私が傷付けた人達から罰を受けるんだ。

「恭介さん。事情はなんであれ、わたくしは紫月お姉様の意向で養女になりました。そのわたくしをあっさり切り捨てれば、紫月お姉様は周りからどう思われるでしょう？」

「……俺を脅しているつもりか？」

彼の鋭い眼光が私を貫いた。

怖い。桜坂本家の跡取り息子の名前は伊達じゃない。無意識に半歩後ずさって、そのまま逃げ出したい衝動に駆られる。どうして、私がこんな目に遭うんだろうって泣きたくなる。

だけど、それでも――

私はスカートをぎゅっと握り締めて踏みとどまった。

――私は、私が傷付けた人達のためにも、ここで負ける訳にはいかないのよ！

「脅し？　いいえ、事実を口にしたまでですわ」

「……ほう？　そこで踏みとどまるか」

恭介さんがぽつりと呟く。

私は決死の覚悟で立っているのに、恭介さんはまるで余裕だ。

「澪、一つ教えてやる。たしかにおまえが言う通り、養子縁組を解消すれば紫月の汚点となることもあるだろう。だが、おまえを排除する方法はいくらでもある」

「それ、は……」

様々な悪役令嬢の末路を考えれば、彼の言葉が意味するところは明らかだ。

私を修道院に閉じ込める的なことでもいいし、政略結婚の体で何処かに嫁がせ、そのまま歴史から消し去ることだって出来る。少なくとも、彼にはその力がある。

彼は本気だ。

まずい。本格的にまずい。

私がこの舞台から排除されたらすべてが水の泡だ。

どうしよう？　どうすればいい？

「なにやら困っているようだな」

追い詰められた私の耳に、そんな言葉が飛び込んできた。だけど、その声の主を目にした私は混乱する。介入してきたのが、琉煌さんだったからだ。

……どうして、琉煌さんがここに？

今度こそ、私の所業に愛想を尽かしたんじゃなかったの？　そんな疑問を抱いて琉煌さんを見つめていると、その視線に気付いた彼は小さく笑った。

「おまえは、いつもそんな顔をしているな」

「……そんな顔って、なんですか？」

「鏡を見てみろ」

彼は素っ気なく言い放ち、私に背を向けた。

いや、違う。

正確には私を背後に庇い、恭介さんの真正面に立ったのだ。

「桜坂の次期当主は優秀だと聞いていたが、ずいぶんと一方的な物の見方をするのだな」

「……一方的だと？」

「ああ、そうだ。たしかに、口さがない連中が好き勝手に言っているのは事実だ。それを防げなかった——というのなら、たしかに澪は未熟だろう。だが、本当にそうかな？」

「なにが、言いたい？」

恭介さんが怪訝《けげん》な顔をした。私のことは歯牙にも掛けていなかったのに、琉煌さんのことは警戒しているのが分かる。さすが、雪城財閥の次期当主だね。

なんて思っていたら、恭介さんの視線が一瞬だけ私を捕らえた。

「雪城家の次期当主は、ずいぶんと澪にご執心のようだな？」

「面白いからな」

「……面白い？」

こいつが？　とでも言いたげな視線を向けられる。

やめて、私は別に面白くないわよ。

そうして憮然とした態度を取っていると、恭介さんは「ふむ。たしかに、噂を耳にしただけで、深く調べはしなかったのは事実だな」と顎に手を当てた。

「澪、なにか理由があるのか？」

もちろん、理由はある。でもそれを口にすることは出来ない。恭介さんしかいない状況なら一考の余地はあったけれど、いまここには琉煌さんもいるから。

とはいえ……と、私は恭介さんを見上げる。

せっかく話を聞く気になってくれているのに、ここで理由なんてないと言ったら元の木阿弥だ。前に進むためには、恭介さんを納得させる必要がある。でも、恭介さんには嘘も方便も通用しない。どんな理屈を並べたって、必ずそれを調べ上げられるだろう。

だとすると、私の事情を話す必要があるのだけれど……と、琉煌さんの背中を盗み見る。

……琉煌さん、まさかこれを想定して介入した訳じゃないわよね？

分からない。

でも、琉煌さんに知られる訳にはいかないのと同じくらい、恭介さんを納得させる必要があるのも事実だ。琉煌さんには手の内を明かさず、恭介さんを納得させなくちゃいけない。

でも、そんな方法がある？

恭介さんは鋭い人だ。でも、琉煌さんも同じくらい鋭い人だ。

共に私よりも迂遠なやりとりに長けている、そんな二人を相手取って、片方にだけ気付かせるような言い回しをする。そんな方法、そんな方法は……っ。

必死に考えるけれど、そんな都合のいい方法は思い付かない。

どうしたらいい？　琉煌さんに知られたら、私の計画は破綻する。でも恭介さんを説得できなくても、やっぱり私の計画は破綻する。

このままじゃ紫月お姉様の恩に報えない。

雫を、救えない。

……ダメ、そんなのはダメ。

私は雫を救うと誓った。

そのために、悪役令嬢として必要なことを学んできた。

紫月お姉様から学んだことを思い出せ！　この世界はゲームじゃない。用意された二択がどっちも使えないのなら、第三の道をひねり出せ！

紫月お姉様から学んだことでしょう！

そうだ。嘘を見抜かれるのなら、私の発言の裏を取られるのなら、それを利用しろ。恭介さんと琉煌さんが同じくらいハイスペックなら、その情報量の違いを利用すればいい！

「恭介さん。さきほど、俺に出来ないと思っているのか？　と、そうおっしゃいましたね」

なにについて、とは言わずに会話を遡る。

これで、琉煌さんと恭介さんの持つ情報量に差が生まれた。

「あぁ、たしかに言ったが？」

「では、その問いにお答えいたしましょう。たしかに、恭介さんには可能でしょう。ですが、それでは貴方の本当の目的は達せられないでしょう」

恭介さんは私を排除しようとしている。その理由は紫月お姉様を心配しているから。

つまり、私はこう言ったのだ。

私を排除することは簡単だけど、それは紫月お姉様のためにならない、と。

さきほどの会話を知らず、恭介さんの本当の目的も知らない琉煌さんには分からない。

だが、恭介さんには意味が通じたはずだ。

もちろん、意味が通じたからといっても、その内容を信じなければ意味がない。けれど、私が紫月お姉様のためであるとほのめかした以上、彼は必ずそれが真実かたしかめる。

自身が持つその力を使って、絶対に。

それまで、私が害されることはないだろう。つまり、この場を切り抜けることが出来る。

もちろん、彼を放っておけば、真実にたどり着いてしまうだろう。だけど、それについては紫月お姉様に相談することが出来る。恭介さんは明らかに紫月お姉様を心配しているのだから、味方に引き入れることだって可能なはずだ。

だから大丈夫。そう自分に言い聞かせてまっすぐに恭介さんを見つめる。恭介さんもまた私の真意を探っているようで視線が交差した。

そうして無言で見つめ合っているとほどなく、彼は「いいだろう。今日のところは引いてやる」と、そんな言葉を残して立ち去っていった。

それを見送ると、途端に緊張の糸が切れて足元がおぼつかなくなった。ふらついて手を伸ばすと、琉煌さんが私の身体を抱き留めてくれた。

刹那、その頼もしさに身を任せたい衝動に駆られた。だけど次の瞬間、自分がどういう状況にあるか理解し、慌てて彼の腕を振り払う。

「助けてやったのにご挨拶だな？」

「助けて欲しいと言った覚えはありませんが……助けていただいたのは事実ですね。わたくしへの貸し一つとしておいてください」

「いいだろう。そのうち返してもらうとしよう」

高くついた。けど、彼がいなければ恭介さんを退けられなかったかもしれない。そう考えれば、まぁ……借りにしておくのが無難だろう。

だけど――

「どうしてわたくしを助けたのですか？」

「……どうして、とは？」

「わたくしが、救う価値のない悪女だと、いいかげん理解したのでは？」

「おまえ、俺を見くびっているのか？」

指を突き付けられた。

「見くびっているつもりはありませんが……おっしゃる意味が分かりません」

私はここまでずっと悪役を演じてきた。もちろん失敗もしたけれど、今回の私は美優ちゃんを、妹のような存在を蔑《ないがし》ろにした。

妹を大切に想い、美優ちゃんや瑠璃ちゃんを大切にする乃々歌ちゃんに惹かれる。そんな原作ストーリーを持つ彼にとって、いまの私は憎むべき敵のはずだ。

なにより、私はその行動について一切の弁明をしていない。

無実の人が必死に弁明したって、濡れ衣を着せられることがある。一切の弁明をしていない私が、他人に理解されるはずがない。理解されちゃ、ダメなんだよ。

そうして琉煌さんを見上げると、彼は「ついてこい」と不意に踵を返した。

「何処へ？」

「いいからついてこい。さきほどの貸しをさっそく返してもらおう」

「……ええ？　いや、さすがにその程度で貸しを返そうとは思いません。その件は後ほどちゃんとお返しします。だから、せめて何処へ行くかは教えてくださいませんか？」

私はぼやきながら後に続く。そうして案内されたのは、特待生だけが使える施設の一つ、小さなパーティールームだった。

だが、今日は使われていないのか、その部屋は真っ暗である。

「……どうして、こんなところに？」

琉煌さんに限って不埒《ふらち》な真似はしないと思うけれど、それでも警戒はする。そうして入り口の前で振り返ろうとした私は、琉煌さんにトンと背中を押された。

たたらを踏んで、部屋の中へと踏み込んでしまう。

「なにを――」

と口にした瞬間、部屋の明かりが一斉に灯った。眩しさに目を細めた私の視界に映ったのは、飾り付けがされたパーティールーム。テーブルの上には色とりどりの料理が並んでいる。

加えて、テーブルの一番奥には16本の蝋燭が立てられたホールケーキ。

「澪さん、誕生日、おめでとうございます」

透明感のある声が響き、パンとクラッカーの音が鳴った。紙テープがいっぱい飛んできて、私は思わずぽかんと口を開けた。そこに、柔らかな物腰でたたずむ六花さんの姿があったから。

「どうして、六花さんが……」

琉煌さんと同様、六花さんも私に愛想を尽かしたはずだった。

実際、体育祭の件から一度も言葉を交わしていない。敵対関係にまでは至っていなかったとしても、誕生日を祝ってもらえるような関係ではなくなっていたはずだ。

「……どういう、つもりですか？」

「どういう？　お友達の誕生日を祝うのに理由が必要ですか？」

「なにを、言って……だって、私は……」

乃々歌ちゃんに酷いことを言った。乃々歌ちゃんのために頑張るみんなを馬鹿にした。クラスの嫌われ者のような立ち回りをしている。

そんな私の誕生日を、六花さんや琉煌さんが祝ってくれる理由なんてない。

なのに、六花さんはからかうように言い放った。

「悪役ぶっているのに、ですか？」

「――ちがっ！」

強く否定しようとして、とっさに口を閉じた。

その強い否定こそが、六花さんの言葉を認めているも同然だと気が付いたから。だけど、慌てて口を閉じた行動もまた、六花さんの言葉を肯定するも同然だった。

そうして唇を噛む私を見て、六花さんは小さな笑みを浮かべた。

「澪さんがなんらかの理由で悪女を演じているのは知っています。ですから、ご安心ください。クラスの皆さんに、乃々歌さんに、貴女の真意を伝えるつもりはありませんわ」

「ああ。俺もここだけの話にすると約束しよう」

六花さんと琉煌さんが宣言する。

もはや言葉もない。

私がなんらかの理由で悪役を演じていると確信している。一体どうしてと、視線を巡らせた私は、六花さんの後ろに立つ二人を見つけた。

明日香さんと沙也香さんだ。

中でも、明日香さんはどこか覚悟を秘めた顔で私を見つめている。

「まさか、貴女が？」

「……約束を破って申し訳ありません。どのような罰でも受ける覚悟です。でも、だけど、私のせいで、澪さんが悪者扱いされているのが我慢できなかったんです」

「そう……」

たしかに悪い手じゃない。

私がお題目にあげたのは、クラスメイトに事情を話せば、秋月家のプライドを損なうことになるという内容だった。だから、打ち明ける相手を限定するのは賢いやり方だ。

……私の掲げたお題目が本当だったなら。

どうして、こうなっちゃったんだろう？

私は妹を救うため、悪役令嬢として破滅しなくちゃいけない。それはいますぐじゃないけれど、来《きた》るべきときに破滅するために私は悪女として振る舞った。

最初は善意を見透かされて苦労したけれど、ようやく悪女として認識してもらった。

――はずだった。

それなのに、こんな……いままでの苦労が全部水の泡じゃない！

もちろん、これで失敗という訳じゃない。ここから挽回することは十分に可能だ。でも、これは悪い兆候だ。雫を救うための道が遠のいた。

なのに、なのに――っ！

――私は、どうしてほっとしているの⁉

私は、雫のためにすべてを投げ出す覚悟を決めた。だったら、この状況は悲しまなきゃ嘘だ！　なのに私は、二人に理解してもらえたことを嬉しいと思ってる！

雫を誰よりも大切に思っているはずなのにっ！

「あの、澪さん。明日香さんを叱らないであげてください。もともと、澪さんがなんらかの理由で悪人ぶっていると教えたのは、わたくしなのですから」

六花さんの声でハッと我に返る。私が気分を害したと思っているのだろう。六花さんの後ろに立つ明日香さんと沙也香さんの顔色が悪い。

だけど、明日香さんを助けると決めたのは私だ。乙女ゲームの原作ストーリーのために必要だと理由を付けて、明日香さんのお見合いを阻止すると決めたのも私だ。

私のためを思い、私に叱られる覚悟で行動してくれた。

そんな彼女を責めるなんて出来るはずがない。

「安心してください。明日香さんを責めるつもりはありません。わたくしのためを思って、六花さん達に事情を話してくれたのでしょう？」

私の言葉に、明日香さんはこくこくと頷いて、その目元に涙を浮かべた。私に叱られるかもと、相当な不安を背負い込んでいたのだろう。

それでも、私のために行動してくれた。

こんなの、叱れるはずないよ。

それに、この状況は、私の弱さが招いたことだ。六花さんや琉煌さんに理解されて嬉しいと思ってしまった私はきっと、心の何処かで甘えていたのだろう。

だけど、それもこれでおしまい。

「貴女がたは勘違いしていますわ」

私は悪役令嬢だ。

自ら破滅して、妹が幸せに生きる未来を摑み取る。

それが私の望み。

だから今度こそ、私は悪に徹しよう。

私は髪を掻き上げ、悪役令嬢らしく笑い声を上げた。

——さぁ、悪役令嬢のお仕事を始めましょう。

2

私の目の前には、六花さんと琉煌さん、そして明日香さんと沙也香さんが立っている。

私の誕生日を祝うために集まってくれた面々。悪役を演じる私を理解してくれる優しい人達。

そんな彼女達に向かって、私は高らかに笑った。

「わたくしが悪役を演じている？　笑わせないでくださいませ」

「……澪さん、どうしてそのように悪役ぶるのですか？」

最初に疑問を口にしたのは沙也香さんだった。私は彼女に視線を向け、なにを言っているの？　と言いたげに首を傾げてみせた。

「悪役？　違いますわ。わたくしは根っからの悪女よ」

「本当の悪女は、自分で悪女なんて言いません」

「善人が、自分で善人だと言わないように？」

私の問いに沙也香さんが頷いた。

でも私は「本当にそうかしら？」と続ける。

「善人だと主張する善人や、悪人だと主張する悪人がいないと、本当にそう思う？　世の中には、そういった人達がいくらでもいるはずだけれど」

私の発言なんて証拠にならない。そんなふうに沙也香さんを煙に巻く。

今度は、明日香さんが口を開いた。

「実際、澪さんは私達を招いて、騎馬戦の練習をたくさんしたではありませんか！　それは、乃々歌さんのためなのでしょう？」

「言ったでしょう。それは桜坂家の娘として、無様を晒さないためだと」

乃々歌ちゃんのためなんて思っていないと切って捨てた。そうして二人を黙らせれば、今度は六花さんが私の前に立ちはだかった。

「……では、乃々歌さんが妹のように思っている女の子のことなど、どうでもいいと？」

「しょせん、他人ではありませんか。この世界に、救いを求める声がどれだけあると？」

その全てを助けることなど出来ない。

なら、私が手を差し伸べるのは自ら大切に思う人間だけだ。そして、乃々歌ちゃんが大切に思う存在なんて、私にとってはなんの価値もない赤の他人だ。

だから、知ったことではないと切って捨てる。

だけど、その言葉に琉煌さんが反応した。

「では、おまえが手を差し伸べるのは、自らの妹、という訳か。おまえは、妹を救うために、紫月となにか取り引きをしたのではないか？」

核心を衝《つ》かれた。

そこまでたどり着いているなんて、やっぱり琉煌さんは侮れない。だけど、いつかこんな日が来るかもしれないとは覚悟していた。だから、そのときの言い訳も考えてある。

「たしかに、わたくしが養女になったことで、雫は病院を移れました。ですが、わたくしが紫月お姉様にお願いしたのはそれだけですわ」

嘘を吐くときは、真実の中に少しだけ嘘を交ぜる。

もちろん、これで私が悪人だと証明できた訳じゃない。でも、善人だとも証明されることはない。ここから悪人としての道を突き進めば、きっと道が開けるはずだ。

少なくとも、乃々歌ちゃん達には、私の好意がバレていないのだから。

だから——

「沙也香さん、明日香さん。わたくしが貴女達に手を差し伸べたのは、そうして恩を売っておけば、決してわたくしを裏切らない手駒に出来ると思ったからです」

「嘘です、そんなの信じません！」

明日香さんが即座に応じ、沙也香さんがこくこくと頷く。

二人は良い子だね。悪役令嬢の取り巻きだなんて一括りにしてごめんね。私は心の中で謝罪して、だけどそれとは正反対の言葉を口にする。

「そう。いまの貴女達のように、盲目的にわたくしを信じてくれる。期待通りですわよ」

私の言葉に、二人はショックを受けたように息を呑む。

悪役令嬢の取り巻きだから。そんな理由を捨て置いても、二人を側に置きたいといまの私は思ってる。だけど、六花さんや琉煌さんの認識を変えるためならば仕方ない。

私はそうしてすべてを敵に回した。

その直後、にわかにパーティールームの入り口が騒がしくなる。

「こちらは財閥特待生にのみ使用可能な施設となっています。許可のない一般生の方は立ち入れませんが、許可はお持ちでしょうか？」

「持ってないです。でも、私はここにいる人に用があるんです」

「申し訳ありませんが、許可がないのなら入室は許可できません」

外から聞こえてくるのは、施設の管理者と女生徒のやりとりだ。その聞き覚えのある声に、私はどうしようもなく嫌な予感を覚える。

そして――

「の、乃々歌、ダメだって言われてるじゃない、帰ろうよ」

聞き覚えのある声、二人目。彼女は、絶対にいまここで聞きたくない名前を口にした。

……いや、違う。これはチャンスだ。

乃々歌ちゃんとの誤った関係にけりを付ける。

そう覚悟を決めた私は、使用人の一人を呼びつけて、外にいる乃々歌ちゃん達に入室の許可を出した。それからほどなく、乃々歌ちゃんと夏美さんが使用人に案内されてきた。

「乃々歌、ここは財閥特待生にだけ使用が許された部屋なのよ。庶民の貴女に、この部屋は相応しくないわ。だから、さっさと帰りなさい」

「澪さん、ありがとうございます！」

……あれ？　おかしいわね。いま私、かなり酷いことを言ったわよね？　覚悟を決めて、誤解する余地のない、冷たい言葉を言い放ったわよね？

なのに、その返事が、ありがとうって……どういうこと？？

「乃々歌、わたくしの話を聞いていた？」

「はい！　美優ちゃんの手術が成功したんです！」

「へぇ、よかったわね。わたくしには関係のない話だけど」

というか、ぜんぜん、これっぽっちも、私の話を聞いてないわね。

よくそれで、元気いっぱいに頷けたわね、この子。

「とぼけたってダメですよ！　だって、手術を受けるように美優ちゃんを説得してくれたの、澪さんですよね？」

な――っ。と動揺しながらも、なんでもないふうを装う。でも、六花さんや琉煌さん、それに明日香さんや沙也香さんまでもが、興味深そうな顔で私達を見ている。

やめて、私の苦労が無駄になるじゃない！

「なんのことか、まったく分からないんだけど」

カマを掛けたって無駄だと髪を掻き上げた。

「どうして隠すんですか？　美優ちゃんにも、内緒にするように言ったんですよね？」

「――はあっ!?」

ちょ、ちょっと待って。

なんであの子、内緒って言ったことを、乃々歌ちゃんに教えちゃってるのよ？

「あ、そういえば美優ちゃんから手紙を預かっています」

私はそれをひったくるように奪い取った。これを手にした時点で、美優ちゃんと私の接点を認めるようなものだけど、それは手紙が存在する時点で今更だ。

一体どうして、美優ちゃんが約束を破ったのか、確認する必要がある。

『澪お姉ちゃんのおかげで私は元気になったよ。それと……ごめんなさい。私の本当の名前は美優なの。だから、美羽との約束はなかったことにしてね。えへへ』

軽いっ！　そしてあざとい！　手紙にえへへとか書く人、あんまりいないよ？　というか、日本の将来すら左右されかねない秘密が、えへへで暴露されてしまった。

ちゃんと、秘密にしてねって、約束したのになぁ……

「あ、それと、もう一つの秘密はちゃんと秘密にしてるからね、だそうですけど。もう一つの秘密って、どんな秘密ですか？」

もう一つって、私の妹が病気だってことよね。

「貴女が知る必要ないわ」

「むぅ、妬《や》けちゃうなぁ」

「こ、この……わたくしが、必死に、なのに……こんな……」

妬けちゃうなぁじゃないのよ、妬けちゃうなぁじゃ！

乃々歌ちゃんが、美優ちゃんを心配する気持ちは痛いほど分かる。それでも、貴女の妹分なんて知ったことじゃないと、私がどんな思いで突き放したと思っているのよ。

なのに、こんな……っ。

「乃々歌、これ以上長居しちゃまずいよ」

「あ、うん。そうだね」

夏美さんに腕を引かれた乃々歌ちゃんが頷いた。

そうして私にもう一度視線を戻した。

「澪さん、あらためて、ありがとうございました。それと……私、ちゃんと分かってます。澪さんが本当はとっても優しい人だって、私、ちゃんと分かってますから」

嬉しい――とは言えない。

私はそっぽを向いて聞こえないフリをした。

「それじゃ、その……ありがとうございました。いつかまた、美優ちゃんに会ってくださいね。あの子、手術が終わってから、澪お姉ちゃんに会いたいって、ずっと言ってるんです」

乃々歌ちゃんはそう言うと、六花さんや琉煌さんに向き直った。

「あの、お騒がせしてすみませんでした」

「いいのよ、面白い話も聞けたし。ねぇ、琉煌？」

「ああ、そうだな。実に有意義な時間だった」

ニヤニヤと聞こえてきそうな感じ。でも、乃々歌ちゃんには意味が分からなかったのだろう。彼女は小首を傾げながらも、「それでは失礼します」と踵を返した。

その後を追って、夏美さんも退室していく。

だけど、部屋から出る瞬間、夏美さんが私のほうを向いた。

「……その、澪さん。あのときは、理由も聞かないで責めたりしてごめんなさい。乃々歌の言う通りでした。澪さん、本当は優しいんですね」

そんな言葉を残して立ち去っていく。私は終始無言で、その背中を見送った。

そうして――

「で、なんでしたっけ？『乃々歌のため？　勘違いですわ』でしたっけ？」

「手術のことなんて知らないとも言っていたな」

六花さんが扇で口元を隠して笑うと、そのセリフの後にニヤニヤした琉煌さんが続く。

そうして、沙也香さんと明日香さんも、「やっぱり、澪さんはお優しいです」と口にした。

それに対し、私は返す言葉を持たない。

どうする？　どうしたらいいの？

雫を救うためには、乃々歌ちゃんを中心に財閥関係者が団結する必要がある。そしてそのためには、私が悪役令嬢として破滅する必要がある。

だから、罪悪感と闘いながら悪役を演じてきた。

なのに、いまの私はすっかりいい人だ。このままじゃ破滅なんてできない。このまま私が悪事を働いたとしても、いまのようになにか理由があると思われるのがオチだろう。

かといって、実は悪役を演じているだけなんですと暴露するのは論外だ。

どちらも認める訳にはいかない。

たとえ、バレバレなんだとしても、その事実を確定させる訳にはいかない。

だから——

「か、勘違いしないでよね。乃々歌のためなんかじゃないんだから！」

私は全力で逃げ出した。

3

桜坂家のお屋敷。紫月お姉様の部屋にある大きなモニターに録画映像が映し出されている。そしてモニターに映るのはパーティールームで、そこにいる制服姿の女の子は私。

その私が顔を真っ赤にして叫んだ。

『か、勘違いしないでよね。乃々歌のためなんかじゃないんだから！』

その直後、紫月お姉様がリモコンを操作すると、逃げ出す私の静止画像になった。ソファに掛ける紫月お姉様は、その向かいの席に座る私に視線を向けた。

「見事なツンデレね」

「……いっそ、殺してください」

両膝に手をついて俯く。

「私は悪役に徹しきれないダメな子です……」

もはや弁明の余地はない。

というか、乙女ゲームの悪役令嬢に転生した女の子達はみんな、破滅ルートから逃れようと必死なのに、どうして私はこんなにみんなから信頼されているの？

乙女ゲームの強制力は何処へ行っちゃったのよ。

「澪……正直に言うわ。貴女はトラブル体質というか、なんというか……貴女が頑張っているのは知っているけど、貴女が悪に徹するのは無理よ」

「――待ってください！　私はまだやれます！」

ここで見限られたら雫を救えない。

そう思った私はローテーブルに手をついて立ち上がった。

「落ち着きなさい。貴女を見限ると言ってる訳じゃないわ。ただ、貴女が悪に徹するのが無理だと言っているだけよ」

「それは……どう違うのですか？」

「覚えているでしょう？　この世界は乙女ゲームを元にした世界だけど、乙女ゲームの中じゃない。貴女が挑戦しているのは、ゲームみたいに融通の利かないミッションじゃないの」

その言葉は以前にも聞いた。

成績を元となる悪役令嬢の領域にまで向上させろというミッションを受けたときだ。ゲームでは変更不可能でも、現実ではその達成条件を変えることが可能だ、と。

「目的を達成できるなら、過程は重要じゃない、ということですか？」

「そうね。幸いにして、乃々歌はクラスに溶け込みつつある。向上心も持っていて、成績も上がってる。このあいだは、お友達と服を買いに行ったことも確認したわ」

「乙女ゲームのヒロインとして、順調に成長を見せている、ということですね」

たしかに、以前より明るくなったし、所作も綺麗になった。成績も向上しているし、信頼できる友人もいる。乃々歌ちゃんがヒロインとして成長しているのはたしかだ。

でも、それって、つまり……

「悪役令嬢が破滅せずとも、ハッピーエンドを迎える方法はある、ということですか？」

わずかな期待を抱いて問い掛ける。

それに対し、紫月お姉様は透明感のある微笑みを浮かべた。

「それは、誰にとってのハッピーエンドかによるわね。正直、桜坂グループだけが、金融危機を最小限の被害で乗り越えるだけなら簡単よ」

「……紫月お姉様は未来を知っていますものね」

金融危機に合わせて、株を大量に空売りするだけで事足りる。そうすれば、桜坂家は日本のトップに上り詰めることもできるだろう。

数え切れない人々の不幸と引き換えに。

「あるいは、貴女の妹を助けるだけの方法もあるわ。わたくしがその気になれば、治験をおこなっている企業を買収することだって可能だもの」

「でもそれは、紫月お姉様にメリットがないですよね？」

「まぁ……そうね」

紫月お姉様の目的を聞いたことはないけれど、日本全体を救おうとしているのは分かる。

雫を助けようとしてくれているのは、あくまで私の仕事に対する報酬だ。

つまり、前者は桜坂家にとってのハッピーエンドで、後者は私にとってのハッピーエンド。他の人々から見れば、バッドエンドとも言える状況。

「なら、みんなで金融危機を乗り越えつつ、雫を救う方法は、他にはないんですか？」

「そんな方法は琉煌のルートしか存在しないわ。……いえ、正確にはあるんでしょうけど、それは琉煌のルートよりももっともっと険しい道になる。もしかしたら、そういう選択をする必要が生まれるかもしれないけれど、いまは考えても仕方がないでしょうね」

「険しい、というと？」

「たとえば、金融危機までに、桜坂家が日本のトップに立って、他の財閥を従えることに成功すれば、桜坂家の主導で金融危機を乗り越えることも可能でしょうね」

「……出来るんですか？」

「わたくしには無理ね」

紫月お姉様に無理なら、他の誰にも出来ないと思う。

「後は……そうね。乃々歌を犠牲にするなら、可能かもしれないわよ」

「それは……」

「選ばないわよね。貴女は」

私は無言で頷いた。私は雫のために色々な人を騙している。雫のためなら、他人を犠牲にすることだって厭わない。私はそれだけの覚悟を持ってここにいる。

だけど、だからこそ、自分の保身で乃々歌ちゃんを犠牲にしたりはしない。私が雫のために誰かを犠牲にするのは、他に方法がなかったときだけだ。

「他の選択が難しいことは分かりました。では、結局は振り出しに戻るのですね」

「そうね。貴女はいままで通りに悪役令嬢を演じなさい」

「いままで通りだと、上手くいかないのでは？」

「いいえ、現状を含めてのいままで通りよ」

現状を含めてという部分に言いようのない不安を覚える。

「待ってください。それはつまり、『わたくしは悪人だと言っているではありませんか』

と主張を続け、周囲にツンデレ扱いされる現状を続けろ、と？」

「そう聞こえなかった？」

「うぐ……」

言いたいことは分かる。周囲にツンデレ扱いされながらも、自分は悪人だと主張を続け、最後の最後でみんなの認識を覆すような悪事を働いて破滅する。

『騙したのね！』

『あら、わたくしは最初から悪女だと言っていたではありませんか？』

みたいな終わりを迎えればいいのだろう。

それは、たしかに考えた。というか、そういう方針を話し合ったこともある。でも、それはなんと言うか、もうちょっと悪人かどうか曖昧な立ち位置だったはずだ。

なのに——と、横目で大きなモニターに視線を向ける。そこにはいまも、いかにもツンデレですって顔で走り去る私の静止画が映し出されている。

これを……続けろと？

「ものすごく……恥ずかしいです」

羞恥に染まっているであろう顔で訴えかけるが、紫月お姉様は険しい表情だ。

「澪、重要なのはそこじゃないわ。このまま行けば、貴女はツンデレキャラとして、それなりに愛されるでしょう。でも、仲良くなればなるほど、裏切るのが辛くなるのよ？」

「……それでも、最後は裏切らなくてはいけない、と。そういうことですね」

いまですら、みんなを裏切るのは辛いと思っている。先日の一件でも一杯一杯だった。もっと仲良くなったみんなを裏切らなくちゃいけない。それは、想像するだけでも胸が痛くなる。

それでも――

「覚悟は出来ています。私は悪役令嬢として、皆をハッピーエンドに導いてみせます」

たとえ、私が破滅するのだとしても。

そう言って微笑んだ。私の反応を紫月お姉様は予想していたのだろう。彼女はことさら驚くでもなく、ただ私に気遣うような眼差しを向けた。

エピローグ

先日の一件から数日が過ぎた。

学園での私はものすごく微妙な立場に立たされている。

というのも、体育祭の一件で私は悪女……というか、人でなしとして知れ渡った。にもかかわらず、乃々歌ちゃんがまた以前のように私に懐き始めたからだ。

当然、クラスメイトは混乱する。

その結果、私が美優ちゃんに対して手術を受けるように説得したことを、乃々歌ちゃんが暴露してしまったのだ。おかげで、クラスの雰囲気は以前のように戻りつつある。

ただし、完全に戻った訳ではない。クラスメイトが知っているのは、私が美優ちゃんを説得したことだけで、体育祭を途中で抜け出した理由を知らないからだ。

なにか理由があったに違いないという声もあれば、美優ちゃんを説得した件がそもそもの嘘で、乃々歌ちゃんを騙しているのでは？　なんて疑惑も存在している。

正直なところ、この状況は悪くない。

私が善人かもしれないけれど、もしかしたら悪人かもしれない。なんて認識されていれば、やっぱり悪人だったんだ——というふうにことを運ぶのがやりやすくなるから。

ゆえに、いまの私が気になるのは六花さんや琉煌さんのことだ。

乃々歌ちゃんは、私が体育祭を抜け出した理由を知らない。ただ、なにか事情があって抜け出したのだと、好意的にとらえているのだろう。

でも、六花さんや琉煌さんはすべてを知っている。

私が明日香さんのお見合いを阻止するために体育祭を抜け出し、それゆえに騎馬戦に出場できなかったこと。それで手術を受けないと言い出した美優ちゃんを説得したことも。

なのに、二人はそのことについて沈黙を保っている。

すべてバラされたら元の木阿弥で、クラスメイト全員を相手取ってツンデレを演じるハメになるところだったので、私にとっては非常に都合がいい状況ではある。

でも、どうして二人が沈黙を保っているのか分からないのは怖い。

一応、明日香さんには、秋月家のプライドを保つためと説明しているので、それを二人が信じて、その意思に従ってくれている可能性もあるんだけど……

あの二人がそんな建前を信じるかなぁ、と。

もちろん、秋月家のプライドがどうのというのも嘘じゃないので、単純に合わせてくれている、みたいな可能性もあるとは思う。

あるとは思うのだけど、やっぱり思惑が分からないのは怖い。

……もっとも、考えたところで答えは出ない。いつか裏切らなくちゃいけないのは苦しいけど、悪役令嬢としてのお仕事を頑張ろう。

——と、私はアプリに届くミッションをこなしていく。

といっても、この時期は期末テストの成績がどうのという内容だけだ。突発的に読モのお仕事は入るけれど、基本的には勉強をする毎日。

そしてその日は、乃々歌ちゃんから勉強会に誘われた。

「みんなでお勉強をしようって話していたんです。澪さんもいかがですか？」

この子は本当に……と、溜め息をつきつつも、彼女の背後にいる人達に視線を向ける。

背後には夏美さんと水樹さん、それに陸さんがいる。

どうやら、この四人で勉強をする予定だったようだ。夏美さんと水樹さんは焦った表情で、陸さんはなんとも言えない顔をしている。

これ、絶対みんなに相談せずに私を誘ってるでしょ。

「……乃々歌、皆さんの同意は得ているのかしら？」

「え？　みんな、かまわないよね？」

絶対そんなことないと思う——と、私の心の声が聞こえているかどうか、彼らは答えない。だけどほどなくして、夏美さんが「私はかまわないよ」と答えた。

それを切っ掛けに水樹さんが頷き、陸さんもそういうことならと同意する。

「ということで、いかがですか？」

苦笑いを浮かべる。いつもの私なら、ここで寝言は寝て言いなさいと突き放していた。

だけど——

「そこまで言うのなら付き合ってあげてもかまいませんわよ」

私はそう口にした。いままでのように逃げるのではない。積極的に接して、最後に裏切る覚悟を決めたから。でも、そんな私の返事は予想外だったのだろう。

乃々歌ちゃんはぽかんとした顔になる。

「……え？」

「なに、ダメなの？」

「い、いえ、かまいません！」

……ものすごく嬉しそうな顔をするのね。

いつか、私に裏切られるなんて知らずに。……なんて、ダメだよね。いまからそんな気持ちじゃ、肝心なときに迷っちゃう。私は悪役令嬢、甘い考えは禁物よ。

お人好しの乃々歌ちゃんを利用してやる、くらいの気持ちが必要だ。

そう自分に暗示をかけて、強制的に意識を切り替える。

「乃々歌、明日香さんと沙也香さんも一緒でかまわないかしら？」

私はそう言って、乃々歌ちゃんではなく、明日香さんと沙也香さんに視線を向ける。

私は悪役令嬢で、いつか破滅する存在だ。だけど、明日香さんと沙也香さんは違う。違わなくちゃいけない。私が破滅するとき、同じ道を歩ませるつもりはない。

だから、先日の件を謝りなさいと、私は視線で促した。

二人は頷き、乃々歌ちゃんのまえに立つ。

「……乃々歌さん、入試の日は申し訳ありませんでした」

「申し訳ありませんでした」

明日香さんに続き、沙也香さんが深々と頭を下げた。

周囲がざわめくけれど、もはや今更だろう。どうするのと乃々歌ちゃんに視線で問い掛ければ、我に返った彼女は「顔を上げてください」と慌てて口にした。

そんな中、二人は揃って顔を上げ、沙也香さんが口を開いた。

「許して、くださるのですか?」

「許すもなにも、もう気にしていませんから!」

「そう……ですか。感謝いたしますわ」

――と、こうして二人は正式に乃々歌ちゃんから許しを得た。

それを見届けた私は、パチンと扇を広げてみせる。

「それで、勉強をする場所は決めているの?」

「いえ、特には」

決めておきなさいよという文句はかろうじて呑み込んだ。

「なら、財閥特待生の特権で勉強に使える部屋を用意してあげる」

「あ、そこならみんなで勉強できますね」

ありがたいといった面持ちをするけれど、私が参加すると言ったときほどじゃない。ほんと、私への信頼はどこから来るのかしら――と、呆れながら部屋を手配する。

そうして、使用許可を取った会議室で勉強を始める。

メンバーは乃々歌ちゃんとその友人、私と取り巻きの二人、そこに陸さんという七人だ。というか、男性が陸さんの一人しかいない。

ハーレムだねって思ったけど、彼はものすごく肩身が狭そうだ。それでも一緒に勉強をしているのは、乃々歌ちゃんのことが気になるからじゃないかなと、私は密かに予想している。

個人的には応援してあげたいけれど、私が目指すのは琉煌さんのルートなんだよね。

もしかしたら、乃々歌ちゃんと琉煌さんがくっつくように、私が立ち回る必要も出てくるのかな？　出来れば、自然にくっついて欲しいんだけど……

そんなことを考えていると、私の視線に気付いた陸さんが顔を上げた。

「澪さん。乃々歌さんの友達が手術を受けるように説得したって本当なのか？」

それ聞いちゃう？　なんて思いながら、私は口を開く。

「嘘ですわ」

「──本当だよ」

乃々歌ちゃんが即座に訂正した。

「どっちなんだ？」

「ですから、嘘ですわよ」

「もちろん本当だよ」

きりがない。というか、夏美さんや水樹さんが苦笑いを浮かべている。思惑通り、私のことを素直じゃないなぁ。とでも思ってくれているのかしら？

もしそうならとても都合がいい。

陸さんが「結局のところ、どっちなんだ？」と呟いた直後、私は「好きなほうを信じればよろしいでしょう？　でも後で騙されたと思っても知りませんわ」と呆れ口調で言い放った。

「……そうか。澪さんにもなにか事情があるんだな。それも考えず、この前はキツいことを言ってすまなかった。許して欲しい」

「あら、なにか言われたかしら？　わたくし、記憶にありませんわね」

素っ気なく言い放ってノートにシャーペンを走らせる。

わりとツンデレじゃないかしら？　いや、私、あんまりツンデレについて詳しくないんだけどね。でも、後でやっぱり悪人でした――という前振りにはなっていると思う。

なんて考えていると、そのやりとりをじっと見ていた乃々歌ちゃんが口を開いた。

「――澪さん」

珍しく、乃々歌ちゃんの声にトゲがある。まさか、私に嫉妬したの？　乃々歌ちゃんには、琉煌さんのルートに向かって欲しいのだけど。

そんな不安は、次の一言で杞憂だと分かる。

「ここ、私に教えてください」

斜め向かいの席から、陸さんを押しのけるように身を乗り出してきた。

……この子、陸さんに嫉妬してる？

陸さんのルートに入る心配はしていたけど、悪役令嬢のルートに入る心配もしたほうがいいかしら？　いえ、そんなルートは存在しないのだけれど。

私はツンデレっぽく「仕方ないわね。今回だけよ？」と溜め息をついてみせた。

でも……正直に言うと、楽しい。いままでのように、積極的に乃々歌ちゃんを虐める必要がない現状はとても楽だ。いつか裏切ることを考えなければ、だけどね。

そんな不安を断ち切るように、私はノートにシャーペンを走らせ続けた。

そうして、私はツンツンしながらも、ほどほどにデレてみせる。乃々歌ちゃんと交流を持って、直接彼女の成長を促していく。そんな日々がしばらく続いた。

そうして期末試験が無事に終わり、数日経ったある日の昼休み。

私は上位の成績が張り出されている廊下へと足を運んだ。

乃々歌ちゃんの名前は……あった。

危なげなく五十位以内に食い込んでいる。本当はいまくらいがぎりぎり食い込むレベルだったはずなので、やはり乙女ゲームの彼女よりも成長しているようだ。

私もそれに合わせて目標を高くしていたので、ちょうどいい順位差を保っている。

六花さんや琉煌さん、陸さんも相変わらずの好成績だ。

そしてびっくりしたのは、沙也香さんと明日香さんの成績だ。さすがに五十位以内には入っていないのだけれど、前回よりはずいぶんと順位を上げたらしい。

もちろん、一緒に勉強をしたのが原因の一つだろう。

乙女ゲームでは悪役令嬢の取り巻きにしか過ぎない二人も、現実ではちゃんと生きている。いつか私が破滅するのだとしても、二人がそれに巻き込まれないように立ち回らなくちゃね。

とはいえ、それを気にするのはずっと先の話。当面の問題は、乃々歌ちゃんを成長させることと、乃々歌ちゃんと琉煌さんの仲を取り持つこと。

いまのところ、あまり接点がない二人だ。

どうやって仲を取り持とうか——と、考えを纏めたくて、私は中庭へと足を運んだ。

そうして木漏れ日の下で木の幹に寄りかかっていると、不意に足音が聞こえてきた。最低限の体面を保つように身だしなみを整えていると、そこに琉煌さんが現れる。

「澪か、こんなところで会うとは奇遇だな」

「そういう琉煌さんこそ、こんなところにどうしたんですか？」

「いや、少し考えることがあったんだが……ちょうどよかった」

琉煌さんはそう言って距離を詰めてきた。

「……ちょうどよかったとは？」

「もうすぐ夏休みだろ？」

「ええ……そうですわね。でも、それがなにか？」

首を傾げようとした私の顔の横、琉煌さんが木の幹に腕をついた。

「澪、付き合ってくれ」

一瞬ドキッとした私はけれど、すぐに『俺と』ではなく『俺に』であることに気付く。これ、知ってるわよ。買い物に付き合ってくれとか、そういう紛らわしいあれでしょ？

そもそも、琉煌さんには、乃々歌ちゃんとくっついてもらわないと困る。

私は自分を落ち着かせるために、髪を掻き上げて意識を悪役令嬢モードへと切り替えた。

「紛らわしい言い方は止めてくださる？」

「……ん？　あぁ、たしかに言葉足らずだったな。澪、この夏休み、俺に付き合ってくれ。今度のパーティーで婚約者が必要なんだ」

うん、そうだよね。

そんなことだと思った……って、え？

「こ、婚約者ってどういうことですか!?」

思わず動揺した私に、琉煌さんはなんでもない顔で答えた。

「婚約者も知らないのか？　将来を約束した二人のことだ」

「いえ、婚約者の意味くらい知っています。そうではなく、わたくしが知りたいのは、なぜそんな話をわたくしにするのか、という意味ですわ。……分かっていて聞いていますよね？」

「澪が適任だと思ったからだ」

「……どういう意味でしょう？」

自らの身体を抱きしめ、琉煌さんの挙動を注視する。

「以前、俺にこう言っただろう？　雪城家の次期当主に取り入る価値はある、と」

私は沈黙した。そんなことあったっけ？　と思わず考えて、最初のパーティーでダンスを踊ったときのことを思い出す。

「そういえば、言いましたわね」

「……忘れていたな？」

私は思わずそっぽを向いた。

というか、いまにして思えば懐かしい。

悪役令嬢として、彼に取り入ろうとして嫌われる。そんなスタンスを取りたかったのに、いつの間にか、ツンデレみたいな立場が染みついてしまった。

「どうした？　俺の力を手に入れるチャンスだぞ？」

たしかにその通りだ。その通りなんだけど……それは、私が琉煌さんに迫った結果、嫌われるという展開を期待しての行動だ。琉煌さんの誘いに応じるのは話が違う。

そもそも――

「わたくしのメリットは分かりましたが、貴方にどのようなメリットがあるのですか？」

「……はあ」

ものすごく残念なモノを見るような顔をされた⁉

「あの、一体なにを企んでいるのですか？」

「企むとは心外だな。ただまあ、一足飛びの提案だったことは認めよう。正確には夏にあるパーティーで婚約者の振りをして欲しい、という依頼だ」

「……依頼、ですか」

「ああ。借りを返してくれるんだろう？」

そう言われると弱い。というか、やっぱり高くついた。

こんなふうに迫れば、私が折れるしかないと思っているのだろう。

でも、琉煌さんは一つだけ勘違いをしている。たしかに、相手が琉煌さんじゃなければ、たとえば六花さんが相手なら、借りを返そうとしたかもしれない。

だけど、琉煌さんは運命の相手だ。

私の――ではなく、乃々歌ちゃんの。

そして、みんなをハッピーエンドに導くための攻略対象。

私が二人の仲に割って入るような真似だけはする訳にはいかない。だから、私は依頼を断ろうと決意した。直後、私のスマフォに通知が届く。

それは、新たなミッションを告げる通知。

それに気付いた私は、琉煌さんに断りを入れてスマフォを確認する。

『琉煌の要求に応じ、雪城財閥の信頼を勝ち取りなさい』

追加されたミッションにはそう書かれていた。

この状況を紫月お姉様がどこからかチェックしているのは今更なので驚かない。でも、なぜ琉煌さんの要求に応じろと言われているのかが分からない。

私は、琉煌さんと乃々歌ちゃんをくっつけるために、ここにいるんじゃなかったの？

それとも、私の知らないなにかを紫月お姉様は知っている……？

……なんて、今更よね。私はあの日、紫月お姉様を信じると決めた。この人なら、きっと雫を救ってくれるって、そう思ったから。

だから、その紫月お姉様の指示だと言うのなら、私はそれに従うだけだ。そう念じて乱れていた心を立て直し、いつものように髪を掻き上げた。

——さあ、悪役令嬢のお仕事を始めましょう。

書き下ろし番外編　ある夏休み前の出来事

琉煌さんからの依頼を受けて数日経ったある日。

琉煌さんが開口一番にこう言った。

「瑠璃がジュニアのピアノコンクールで入賞した。それで、今度の休みにパーティーを開くことにしたので参加して欲しい。大げさと思うかもしれないが――」

「――分かります」

私は琉煌さんの言葉を遮った。だって、琉煌さんが妹を大切に想う気持ちも、パーティーを開こうと思った気持ちもよく分かるから。

「身体が弱い瑠璃さんが、過酷なコンクールを乗り切った。そのことがなにより嬉しいのでしょう？　だから、お祝いしてあげたいって、そう思ったのでしょう？」

「……ああ、その通りだ」

琉煌さんはふっと目を細めた。

うぅん、妹想いのお兄ちゃん、って目だね。こういった表情をスチルにしたら、きっとお兄ちゃんに憧れる全国の女の子達は虜になるだろう。

さすが攻略対象の筆頭だと思う。

「それで、パーティーを開く事情は分かりましたが、わたくしを誘う理由はなんでしょう?」

婚約者とか、何処にも出てきませんでしたよ? と首を傾げた。

「ああ。瑠璃がパーティーなんて大げさだと恥ずかしがってな。だが、瑠璃は以前から、澪、おまえに会いたいと言っていた。ゆえに、パーティーにおまえが参加するならいい、と」

「……何処かで聞いた話ですわね」

体育祭で優勝したら、美優ちゃんが手術を受けるって話と同じパターンだ。これも、同じタイプのエピソードを重ねている――訳ではないだろう。

原作に、こんなイベントがあるとは聞いていない。これはおそらく、乃々歌ちゃんの件を参考に、琉煌さんが描いた筋書きだと思う。

そうしたら、私が参加するって、そう思ったんだろうね。

……ほんとに、私の弱点を把握されちゃってる感じ。

でも、ハッキリ言おう。私は他人様の妹よりも、自分の妹のほうが大切だ。雫を救う。その目的に支障が出る可能性があるのなら、他人の妹のことなんて知ったことじゃない。

……でも、雫を救うのに支障がないのなら、瑠璃ちゃんのお願いは聞いてあげたいと思う。

だから問題は、支障があるかどうか。でも、ここまで原作から話が逸れてしまうと、私じゃ判断がつかない。ひとまず、お姉様に相談してみようかな。

「琉煌さん、そのお誘い、返事はいつまでにすればいいのかしら？」

「そうだな。前日までに返事をくれれば問題ない」

「分かりました、予定を確認しておきます」


という訳で、帰宅した私は、ちょうど海外から戻ってきた紫月お姉様を訪ねた。そうして琉煌さんから瑠璃ちゃんのパーティーに誘われたことを打ち明ける。

それを聞き終えた紫月お姉様は、なんとも言えない顔をした。

「……澪、そのパーティーに参加したいの？」

「いえ、したいというか、琉煌さんのパーティーに参加するように言ったのは紫月お姉様ですよね？　まだ、理由は聞いていませんが……」

ミッションで指示されたが、理由はいずれ話すということで聞いていない。だからこそ判断が出来なくて確認したのだけど、そんな微妙な顔をされるような質問だっただろうか？

「いえ、たしかにそう言ったけど、今回の件は……」

紫月お姉様がなにかを言いかけて口を閉じた。

「件は？」

「いえ、いい機会だから貴女が気付くまで黙っておくわ」

「え、私、なにか見落としていますか？」

え、怖っ！　って思って必死に考えるけど、なにを見落としているか分からない。そうして焦る私に、紫月お姉様は言葉を続ける。

「婚約者の件なら、どのみち問題はないわ。彼は恋人を自由に選べないもの」

「選べない？　乙女ゲームの強制力、みたいな話じゃないですよね？」

「ええ。前に言ったでしょ？　乃々歌が琉煌とくっつくには、雪城家の者達に認められる必要があるって。ようするに、ゲームで言うところの条件がいくつもあるの。それをクリアしない限り、誰かが彼の婚約者になることは決してないわ。あるとしたら……」

「……対外的なパフォーマンス。あるいは牽制、とかですね」

お見合いを迫られているから、黙らせるために婚約者として考えている人がいると牽制する、とか。そういう話、ということだろう。

でもそれ、結構な大事になると思うんだけどな……？

でも、紫月お姉様が平気と言うのなら、少なくとも額面通りではないんだろう。

「澪、ここは乙女ゲームが元になった世界だけど、ゲームの中じゃない。だから、琉煌が乃々歌ではなく、貴女に興味を抱いていても問題ないわ。なぜだか分かる？」

紫月お姉様が私の目をまっすぐに覗き込んでくる。

「……現実なら、あっさりと心変わりすることだってあるから、ですね？」

「その通りよ。恋愛小説なら、愛はドラマティックに描かれるでしょう。でも現実はそうとは限らない。なんとなく好きになったり、なんとなく心変わりすることだってあるわ」

「そう、ですね」

物語なら批判されるような展開も、現実にはあふれ返っている。

でも、急にどうしてそんな話を……と、そこまで考えた私はある結論に至った。

「紫月お姉様、私のことを心配していますか？」

「貴女には出来るだけ傷付いて欲しくない、とは思ってるわよ」

その言葉ですべてを察した。さきほど、私に『なぜだか分かる？』と聞いたのは、私の自覚を促したかったから。琉煌さんがいつか乃々歌ちゃんとくっつくことになる、と。

紫月お姉様は、私が琉煌さんに惹かれていると思い、心配をしてくれているんだ。

琉煌さんと今以上に親しくなることで、傷付くんじゃないかって。

「紫月お姉様、私は琉煌さんのことを、さすが攻略対象の筆頭だなって思います。格好いいし、気遣いが出来るし、素敵な男性だって思います」

「……澪、もしかして」

私はゆっくりと首を横に振った。

「私は紫月お姉様のことを素敵な女性だって思っています。ものすごく綺麗で、なのにそれをちっとも鼻に掛けなくて、誰よりも優しい。私の大好きなお姉様です」

「……琉煌への思いは、友情だと、そういうこと？」

私はその問いには答えず、曖昧な笑みを浮かべて見せた。

「六花さんのことも好きです。乃々歌ちゃんも。それに、最近は沙也香さんや明日香さんも素敵な女の子だって思うようになりました。みんな、私の大切な人達です」

私はそこで言葉を切って、「だけど――」と微笑んだ。

「私は雫のお姉ちゃんなんです。彼らを犠牲にすることだって厭いません」

それが私の覚悟。だから、傷付かない――という意味じゃないし、ましてや平気だという意味でもない。ただ、私は身の程を知っているだけだ。

そんなふうに考えている私に、彼らと本当の意味で親しくなる資格はない、って。

「親しくなるほど、傷付けることに躊躇《ためら》いを覚える。それでも、覚悟は出来ているのね？」

「はい。騙したのか？　って言われたら、その通りよって笑ってやります」

私が悪役令嬢っぽく笑えば、紫月お姉様は苦笑いを浮かべた。

「いいわ。貴女に覚悟があるのならもう止めたりしない。パーティーに出席なさい。そこで一つ、仕事をやってもらうわ」

「はい、必ずご期待に応えてみせます」

紫月お姉様に新たなミッションを言い渡された私は、瑠璃ちゃんのパーティーに参加する道を選んだ。その旨を琉煌さんに伝えると、しばらくして彼から贈り物が届いた。

「これは……ドレスね」

箱から出てきたのは深紅のドレス。肩出しのドレスながら、布を重ねたデザインで露出は高くない。実に私好みのデザインなんだけど、どうして私の好みを知っているんだろう？

「というかこれ、私のサイズにぴったりなんだけど」

「SIDUKIブランドにオーダーメイドの依頼があったそうです」

私の着替えを手伝っていたシャノンが答えてくれる。

「あ～、お姉様のブランド、ドレスも手掛けているのね。……じゃなくて、個人情報の取り扱い、どうなっているのよ？」

ジト目を向けるが、シャノンはまるで気にした様子もない。

「もちろん、澪お嬢様のサイズを、琉煌様にお伝えしたりはしていませんよ。あくまで、澪お嬢様に合わせたドレスを作り、それをお嬢様に直にお届けする、という契約です」

「……あぁ、なるほど。それなら大丈夫……なのかな？」

財界で衣類を贈ることは珍しくない。

だからきっと、日常的に使われている方法なんだろう。

「それより、澪お嬢様はご存じですか？　殿方が女性に服をプレゼントするのは、その服を身に着けた貴女を脱がせたい——という意味があるんですよ？」

シャノンがからかってくる——にしては目が笑っていない。紫月お姉様の右腕として、あるいはメイドとしては一流だけど、こういう演技は得意じゃないみたいだ。

「それで動揺する程度の覚悟でしかないのなら、パーティーには行かせないように——とでも言われたのかしら？　紫月お姉様も心配性なのね」

私がからかうように笑うと、シャノンは少しだけ目を伏せた。

「……紫月お嬢様は、澪お嬢様のことを心配なさっておいでです」

「ええ、もちろん分かってるわ」

紫月お姉様が私を気遣う理由は分かる。

でも、最近はちょっと過保護すぎるんじゃないかなとも思う。もともと、私が破滅するのは織り込み済みだ。それが雫を救う唯一の手段なんだから、気にする必要なんてない。

なのに、どうして——と考えた私は、先日の紫月お姉様の言葉を思い出した。

『親しくなるほど、傷付けることに躊躇いを覚える』

もしかしてあの言葉は、紫月お姉様の気持ちを表してもいたのかな？

もしそうだとしたら……私はどうしたらいいのかな？

気にしなくていいよって言うのは簡単だ。でも、私が雫のためなら破滅してもかまわないと言葉を重ねても、紫月お姉様の心は軽くならないだろう。

……やっぱり、出来ることを一つずつ、しかないかな。

幸い、紫月お姉様に新しいミッションを言い渡された。それを完璧にこなすことで、私の目的に、紫月お姉様の目的に近付くことが出来る。

最後に、笑って破滅できるように頑張ろう。

それがきっと、紫月お姉様への恩に報いることになるはずだから。


週末になり、パーティーの当日がやってきた。私は深紅のドレスを身に纏い、ピアノのコンクールで入賞した瑠璃ちゃんをお祝いするパーティーの会場へと向かう。

リムジンで乗り付けたのは、雪城グループの傘下にある一流のホテル。招待状をドアマンに見せれば、ホテルの最上階にあるパーティー会場へと案内された。

……っていうか、参列客が百人規模でいる。

いくらピアノのコンクールで入賞したからって、さすがに大げさすぎじゃないかしら？　というかもしかして、これを知っていたから、瑠璃ちゃんは嫌がったんじゃないかな？

あーあーあー、考えたら、なんかそんな気がしてきたよ。

瑠璃ちゃんには『澪と会いたいと言っていただろう？　パーティーに呼ぶから、瑠璃も参加するように』とか言っておいて、私には瑠璃ちゃんが会いたがっている、と伝えたとか。

琉煌さんが瑠璃ちゃんのことを蔑ろにするとは思えないけど、そういう小細工ならいくらでもしそうな気がする。ほんと、油断できないね。

私は入り口のまえで気を引き締め直し、パーティー会場へと足を踏み入れた。

最初に思ったのは、親子同伴の招待客が多い——ということだ。私のように、シャノンというメイドは連れていても、一人で来ている参列客はほとんど見当たらない。

「というか、会場内で別行動することもないのね」

親子で来ていたとしても、会場内で別行動を取っていたら別々の客に見える。にもかかわらず、親子連ればかりに見えるのは、会場でも一緒に行動を取っているからだ。

気になった私はそれとなくシャノンに尋ねた。

「パーティーの主役は雪城財閥の次期当主が溺愛している妹ですよ。息子や娘が瑠璃様に気に入られれば、親の会社は将来安泰と言っても過言じゃありません。ですが……」

「万が一無礼を働けば、会社が潰されてもおかしくない、ということね」

以前の私はこう考えていた。財閥のトップに立つような人間は、気分で取引先を変えたり、故意に潰すような真似はしない、と。

でも、桜坂家の養女として過ごすうちに、その考え方は少しだけ変化した。

財閥のトップに立つような人間なら、理不尽に取引先を変えるような真似はしない。けれど、両者間の人間関係も、立派な判断基準の一つにはなり得るのだ、と。

もちろん、子供が少しくらい無礼な態度を取ったとしても、琉煌さんがその子の親の会社を潰そうとしたりは……いや、瑠璃ちゃんになにかあればやりかねない。

どっちにしても、親が我が子を見張っているのは当然かもしれないわね。

「……そう考えると、紫月お姉様って大胆よね？」

「澪お嬢様のことを信頼なさっておいでなのでしょう。澪お嬢様はトラブルを背負い込む体質ではありますが、基本的に人に好かれる人柄ですから」

「それ、喜んでいいのか悩ましいのよね」

悪役令嬢なのに——と、私は小さな溜め息をついた。あぁでも、私が仮に粗相をしても、悪役令嬢の正しいルートに入るだけだから問題ない、とかもあるのかしら？　紫月お姉様なら、最初の目標が達成できなかったときのサブプランとか普通に用意してそうよね。

そんなことを考えていると、私に気付いた親子が近付いてくる。

「たしか、雪城グループの傘下に属する人物だったわよね？」

「ええ。彼は——」

私の呟きに、シャノンがすぐに補足説明を入れてくれる。

その名前を聞いてすぐに思い出す。スマフォのアプリに送られてきたサブミッション。無理をする必要はないけれど、機会があれば仲良くなっておいたほうがいい人物の一人だ。

私はその資料を思い返し、親子との交流をはかった。

そんな感じで、参列客達との交流を深めていく。

パーティーへの参加経験は少ないけれど、それでも初めてという訳じゃない。相手がどのような商品を生み出している会社の者かを考え、共通の話題として盛り込んでいく。

養女だから――と見下す人がいるかと思ったけれど、少なくとも態度に出す人はいなかった。そういう問題のありそうな人物は、あらかじめリストから除外しているのだろう。

そんな感じで人脈を広げていると、ほどなくして琉煌さんと瑠璃ちゃんが姿を現した。私を見つけた瑠璃ちゃんが「澪お姉さん」と叫んで小走りに駆け寄ってくる。

それにびっくりしたのは、私と話していた参列客達だ。だが、瑠璃ちゃんはすぐに「皆様、お話中でしたのね。割って入ってしまってすみません」とカーテシーをする。

「瑠璃様は、彼女とお知り合いなのですか？」

問い掛けたのは、とある会社の社長だ。温厚そうな瞳の奥に、私と瑠璃ちゃんの関係を探るような鋭さが秘められている。

瑠璃ちゃんがそれに気付いたのかどうかは分からない。けれど、一緒に現れた琉煌さんは確実に気が付いているはずだ。だけど――

「以前、彼女には世話になったことがあるんだ」

琉煌さんは否定するどころか、誤解を加速させそうな言葉を口にした。

実際は、瑠璃ちゃんが忘れたマフラーを届けただけなのだけど、いまの言い回しだと桜坂家と雪城家のあいだに、なんらかの取り引きがあったと深読みする人も出てくるだろう。

琉煌さん……わざとですよね？

そんな視線を向けると、彼は意味深に笑った。

そうして「すまないが、瑠璃が彼女と話せるのを楽しみにしていてな。少し彼女を借りてもかまわないだろうか？」と皆に問い掛ける。

当然、それを断る者なんていなくて、私は琉煌さん達とともに移動することになった。

「どういうつもりですか？」

パーティー会場の片隅。立食の形でテーブルを囲む。ノンアルコールのシャンパングラスを片手に、琉煌さんへと視線を向けた。

「雪城家と桜坂家、両家が仲良くしていると思わせたほうが都合がよかったのだろう？」

質問に質問で返されてしまう。

そして、彼らとの人脈を広げる上で、雪城家と仲がいいと思われるのはメリットになる。

それは事実なのだけど、琉煌さんにそれを認めるのはなんか怖い。

こちらの思惑を見透かされそうな気がするから。そうして表情を引き攣らせていると、瑠璃ちゃんが不満気に琉煌さんの腕を引いた。

「もぅ、お兄様？　今日は駆け引きは抜きだと言ったじゃないですか？」

「おっと、そうだったな。では、邪魔者は退席するとしよう」

琉煌さんは瑠璃ちゃんから離れると、私に向かって「瑠璃のことを頼んだ」と言って立ち去っていった。その背中を見送っていると、瑠璃ちゃんが「お久しぶりですね」と笑う。

「半年ぶり、くらいですわね」

私がそう言うと、瑠璃ちゃんはパチクリと瞬いた。

「どうかいたしましたか?」

「いえ、その……そういえば、あのときとは立場が変わられたんですね。でも、もしよろしければ、以前のように話してくださいませんか?」

「あぁ……」

あのときの私は庶民の娘で、瑠璃ちゃんのことも普通の女の子だと思っていた。でもいまの私は財閥の娘で、瑠璃ちゃんもまた財閥の娘だ。

話し方が変わるのは当然なんだけど……

「瑠璃ちゃんがそっちのほうがいいと言うのなら、これくらいでいかがかしら?」

お嬢様口調は崩さず、だけど親しみを込めて話し掛ける。

「ありがとうございます、澪お姉さん」

「どういたしまして、ですわよ」

茶目っ気たっぷりに笑う。

瑠璃ちゃんと仲良くなるのは、私の個人的な希望である。でも、もしも雫を救う上での障害になるのなら、私はここで距離を詰めようとはしなかった。

私が一歩踏み込んだのは、紫月お姉様から与えられたミッションがあったからだ。

『瑠璃と仲良くなり、今年の文化祭に彼女を招きなさい』

これが、紫月お姉様から与えられたミッションだ。

瑠璃ちゃんが文化祭に登場するのは——すなわち、琉煌さんのルートに入るフラグが立つのは、二年生、あるいは三年生の文化祭からだ。

だけど、私が悪役令嬢となったことで、色々なことが前倒しで起こっている。出来るだけ早く、瑠璃ちゃんと乃々歌ちゃんが出会うほうがいい、というのが紫月お姉様の考え。

私もそれに同意だ。乃々歌ちゃん、すごく頑張っているし、妹のような存在を可愛がっている女の子でもある。瑠璃ちゃんと出会えば、きっと仲良くなることだろう。

そうすれば、この歪な状況は緩和され、琉煌さんも乃々歌ちゃんに興味を示すだろう。

「澪お姉さん、なにか悩み事ですか？」

「いいえ、そんなことはありませんが、どうしてですか？」

「……いえ、なければいいんです。それより、こちらを受け取ってください」

瑠璃ちゃんがそう言うと、彼女の背後に控えていたメイドが包装された平べったい箱を瑠璃ちゃんに渡し、瑠璃ちゃんがそれを差し出してきた。

私はそれを受け取って首を傾げる。

「これはなんでしょう？」

「大切なマフラーを届けてくださったお礼です」

「そんな、気にせずともかまわないのに。でも、せっかくの厚意ですから、ありがたくちょうだいしますね。いま、開けてもよろしいですか？」

私が問い掛ければ、瑠璃ちゃんはふわっと微笑んだ。

私達のやりとりを、周囲の人達が遠巻きに見守っている。すべての会話までは聞こえずとも、私と瑠璃ちゃんが、仲のいい関係だと周囲に伝わることだろう。

でも、瑠璃ちゃんと私の仲が良好だと、周囲に知らしめるのは悪いことじゃない。私はプレゼントをシャノンに手渡し、ここで開封するように命じる。

そうしてプレゼントの中身を目にした私は目を見張る。

「これは、素敵なストールですね」

春夏用の薄手のストールで、私が身に付けるオフショルダーのドレスにぴったりなデザイン。見る人が見れば、ドレスに合わせたプレゼントであることは容易に予想がつく。

それがなにを意味するのか、分かる人には分かるはずだ。

「澪お姉さん、よければ付けているところを見せていただけますか？」

「ええ、そうですわね」

私は笑顔で応じながら、瑠璃ちゃん、やってくれたわねと苦笑いを浮かべる。

間違いなく、瑠璃ちゃんに悪気はない。というか、きっと善意しかない。でもこれが、原作乙女ゲームにおける、瑠璃ちゃんの役割なんだろう。

そんなことを考えながら、ドレスの上からストールを纏った。

「やはりお似合いです。お兄様に相談した甲斐がありました」

瑠璃ちゃんの何気ない一言に、周囲で様子を見守っていた人々の何割かが目を細めた。いまのやりとりから、琉煌さんが私にドレスをプレゼントしたと確信したのだろう。

もっとも、このパーティーに参加した時点で今更、なんだけどね。

「兄妹揃って義理堅いのですね。……ありがとう。このストールは大事にいたしますわ」

特別な意味ではなく、お礼として受け取っただけ。そんなニュアンスを周囲に伝え、それから一呼吸あけて、瑠璃ちゃんにお礼を言って微笑んだ。

……さて。プレゼントを受け取ったのはちょうどいい機会だ。今日は悪事を働く必要はないけれど、悪役令嬢としてのミッションは与えられている。

という訳で、悪役令嬢のお仕事を始めましょう。

「わたくしからも、瑠璃ちゃんにお祝いのプレゼントを用意いたしました」

パチンと指を鳴らせば、シャノンが私の用意したプレゼントを手渡してくれる。

その包装された小箱を受け取った私は、「遅くなりましたが、ピアノのコンクール入賞、おめでとうございます」と瑠璃ちゃんに差し出した。

「開けてみても……いいですか？」

「ええ、もちろん」

私がそう言うと、瑠璃ちゃんは自らの手でリボンを解いて包装を取り除いた。そうして出てきたのは、ベルベットで覆われた小箱。

中身は、瑠璃をあしらった髪留めだ。

「うわぁ、すごく綺麗」

無邪気な素の彼女が顔を覗かせた。

「付けてあげましょうか？」

「いいんですか？」

「ええ、もちろん」

私は彼女の手から髪留めを受け取って、こめかみの少し上辺りでパチリと止めた。素朴なデザインながら、彼女の黒髪の中に瑠璃の石が輝いている。

「よく似合っているわよ」

「ほんとですか？　すごく嬉しいです」

「そう言ってくれると、わたくしもプレゼントした甲斐があったわ。とはいえ、これだけだと、貴女からもらったプレゼントへのお礼が不足しているわね」

「そんな、気にしなくていいですよ」

「いいえ、そういう訳にはいかないわ。そうね……」

と、私は頬に人差し指を添え、どうしようかしら――と、考えているフリをした。本当は、プレゼントを受け取った直後から、そのお返しは思い付いている。

私はそれを、さもいま思い付いたかのように伝える。

「瑠璃ちゃん、まだ少しさきの話ではあるのだけど、学園で文化祭があるの。そのとき、わたくしに学園を案内させてくれないかしら？」

「……え？」

予想もしていなかったとばかりに瑠璃ちゃんが目を見張った。それから嬉しそうな笑みを浮かべ――だけど、なにかに気付いたかのように顔を歪める。

「あの、私、身体が弱くて……」

「――大丈夫ですわ」

最後まで言わせず、私は瑠璃ちゃんの手を握って微笑んだ。そうして悪役令嬢としての仮面を脱ぎ捨てて、初めて瑠璃ちゃんと出会ったときのように微笑む。

「〝私〟にも病弱な妹がいるの。だから……大丈夫。当日は無理のないように案内してあげる。それに、体調を崩したらキャンセルしたっていいんだよ」

「……あ、その……ほんとですか？」

おっかなびっくり。だけど少しだけ期待するような視線を向けてくる。私はこくりと頷いて、「どうかしら？」と再び悪役令嬢の仮面を被った。

「あの……私、行ってみたいです。その、急にキャンセルすることになっちゃうかもしれないけど、もし可能なら案内して、くれますか？」

「ええ、もちろん。貴女が元気で遊びに来たら、わたくしがちゃんと案内してあげる」

「じゃ、じゃあじゃあ、またパーティーにも参加してくれますか？」

「ええ、もちろん。約束するわ」

そう言って瑠璃ちゃんと指切りをする。

こうして、私は紫月お姉様から任せられたミッションを見事に成し遂げた。

――訳なんだけど。

「琉煌さん、これで約束は果たしましたわよ」

パーティーの帰り際、私がそう言うと、琉煌さんはふっと、意地の悪い表情を浮かべた。

「おまえにしては珍しく騙されたな」

「……はい？」

小首を傾げると、琉煌さんはふっと笑う。

「ところで、もうすぐ夏休みだな？」

「ええ、まぁ……そうですわね」

それがなにか？　と首を傾げる私に、彼は笑ってこう言った。

「あのとき、俺はこう言ったはずだ。夏休みに付き合って欲しい、と。そもそも、俺が今日、一言でも婚約の話を口にしたか？」

「……え？　そう言われればしてませんが……え？　ま、待ってください。それじゃ、今回のは……まさかそのパーティーとは別なのですか⁉」

「ああ。まったく関係のない話だな」

「ええええええっ⁉」

驚きの声を上げる私に対し、琉煌さんは甘ったるい笑みを浮かべた。

結局のところ、なにも解決はしていない。それどころか、やっかいな話はこれから、ということだ。これから起きるであろうあれこれを想像して、私は思わずため息をつく。

だけど、それでも、私のやるべきことは変わらない。

さあ、悪役令嬢のお仕事を始めましょう。

あとがき

モノクロの世界に彩りを。最近ＶＴｕｂｅｒに興味津々な著者の緋色の雨です。

ＶＴｕｂｅｒ、すごいですよね。

最初に登場したのが10年くらいまえでしょうか？　最初の一人が誕生してからこの短期間で数万人にまで人口が増えたと言われています。

まあ、その半数くらいがデビュー前に引退してるとも言われていますが（怖

なによりびっくりするのが、ＶＴｕｂｅｒの多様性です。

漫画家、イラストレーター、小説家、アイドル、声優、音楽家。もしかしたら、あらゆる職業の人がＶＴｕｂｅｒになっているんじゃないかと思うレベルです。

しかも、すごい方々がたくさん活動なさっています。

最近の緋色の雨は某ＶＴｕｂｅｒさんの弾き語りをよく聴いているんですが、その方の歌い方がとにかく素敵なんです。初めて聴いたとき「え、うっま！」って思ったらプロでした。というか、某国民的アニメのオープニング曲の作曲もなさっている方でした。

最近では元アイドルグループのお方が２００１年からタイムスリップしてＶＴｕｂｅｒになっていましたし、すごい世の中になったなぁと。

一般人に浸透すれば、そういう系統のラノベもいま以上に流行るかもしれませんね。そ

の辺りの事情も含めて、緋色の雨もいつかそういう話を書いてみたいです。

――と、話がそれましたね。『さぁ、悪役令嬢のお仕事を始めましょう』2巻を手に取って頂きありがとうございます。おかげさまで2巻を刊行することが出来ました。

こうして刊行できたこと、本当に嬉しく思います。

まずはイラストレーターのみすみさん。1巻に引き続きありがとうございます。あとがきの締め切りの関係でまだラフしか拝見していないんですが、とても素敵なラフでした。

そのほか、今作の制作にあたって関わったすべての人に感謝を申し上げます。

また、今作はラノベ系インフルエンサーの方々が多くレビューを書いてくださいました。刊行にあたって、それらが大きな力になったことをお伝えさせてください。もちろん、1巻を読み、こうして2巻を手に取ってくださったみなさんにも感謝を申し上げます。

それでは、また会えることを願って。

二月某日　緋色の雨

大人気生物系YouTuberともコラボ！
ヤケクソ社会人×JK動画配信者
歳の差純愛ラブコメ
好評発売中！
今宵も俺は女子高生と雑草（晩餐）を探す 1
［著］日之影ソラ ［イラスト］みわべさくら
金曜日発売！
詳細は公式HP・SNSで！
URL
https://pashbooks.jp/
X（旧Twitter）
@pashbooks

魔物蔓延《はびこ》る無人島で
バトルもハーレムも
ますます過激に!?
アプリと知略で成り上がる、
無人島奇譚第二弾!!
好評
発売中!
成り上がり英雄の
無人島奇譚
～スキルアップと万能アプリで
美少女たちと快適サバイバル～2
[著] 絢乃　[イラスト] 天由

この本を読んでのご意見・ご感想・ファンレターをお待ちしております。

〒104-8357 東京都中央区京橋 3-5-7
(株)主婦と生活社 PASH!文庫編集部
「緋色の雨先生」係

PASH!文庫

※この作品はフィクションであり、実在の人物・団体・法律・事件などとは一切関係ありません。

さぁ、悪役令嬢のお仕事を始めましょう

元庶民の私が挑む頭脳戦2

2024年2月12日 1刷発行

著　者　**緋色の雨**
イラスト　みすみ
編集人　山口純平
発行人　倉次辰男
発行所　株式会社主婦と生活社
〒104-8357 東京都中央区京橋 3-5-7
[TEL] 03-3563-5315(編集) 03-3563-5121(販売)
03-3563-5125(生産)
[ホームページ]https://www.shufu.co.jp
製版所　株式会社明昌堂
印刷所　大日本印刷株式会社
製本所　株式会社若林製本工場
デザイン　ナルティス(尾関莉子)
フォーマットデザイン　ナルティス(原口恵理)
編　集　髙栁成美

©Hiironoame　Printed in JAPAN　ISBN978-4-391-16169-4